目 录

古金兵器谱

江湖外史

王怜花 著

河北出版传媒集团
河北教育出版社

怜花宝鉴之人物志

附　录

自 序：一本书的序言应该怎么写

《江湖外史》是一本什么样的书?

这本名叫《江湖外史》的书，和一个叫胡少的人密切相关。书的内容由三个部分组成， 分别是王怜花写于2001—2002年的《古金兵器谱》、写于2003年的《怜花宝鉴之人物志》，还有一个附录，是与《古金兵器谱》有关的几个帖子。附录里的这几个帖子及其作者的分量，倒比王怜花及其文字要重要得多。写《捕快旧事》的若平扬，这个曾经在北京大学和约克大学攻读政治学的人，是一个汉语写作的天才，一条卧龙，他日成就，不可限量；写《那些北大的才子们》的李方，是混乱而糊涂的传媒业界中屈指可数的清醒、理性、勇敢的批评家，他和他的同仁卢跃刚、李大同、贺延光、解海龙等一起，为汉语传媒保留了底线的尊严；写《2004年对我影响最大的五本书》的何帆，一个被业界同仁预期为最有可能为汉语经济学做出原创性学术成果的人，一个才华横溢的经济学家，写出了——“算了，我再不会为这些故纸浪费自己本来可以寻欢作乐的时间了”——这样了不起的句子；写《那些酒、那时的侠客与诗歌》的苗炜，以一人之力，创造了一种全新的汉语文体，成就了一本名扬四海、给许多人带来快乐的汉语周刊，他在汉语写作史上的地位是原创性的、不可替代的，在王怜花正在撰写的《汉语江湖》——一本讨论汉语写作的书——中，占有重要的位置。

但是这一切和胡少有什么关系呢？话说 2004 年，王怜花决定离开已经偏安 N 年的福州，到北京的一家公司供职。检点偏安福州 N 年的往事，王怜花发现自己有这么几件事可堪自慰：娶了一个后来成为哥儿们的老婆赵宇红，生了一个生来就酷爱享乐主义的女儿蔡花花。交了一群可以相濡以沫，也可以相忘于江湖的朋友。做了两个开创性的项目：一个是参与创办了中国大陆第一条 24 小时播出新闻资讯的电视专业新闻频道，时为 1999 年，该频道后来几年的发展远远超出了当年的商业计划，年销售收入过亿元，可谓日进斗金；另一个是开办、运营了中国大陆第一个有线数字电视项目，时为 2002 年，这个项目听说后来灰飞烟灭了，很可惜，本来它应该也是一个日进斗金的项目。还有就是写了一部《古金兵器谱》。2004 年春夏之交，王怜花到北京工作，出于长期养成的、一定要选一张报纸看的读报习惯，自然而然地选定了《新京报》。这个习惯的形成，和王怜花上学时读到的加缪的一句话有关，加缪说：“读报和通奸是现代人的特征。”某一日，王怜花在《新京报》上看到关于弗朗索瓦兹 · 萨冈去世的报道，心有所感，写了一个帖子《因为萨冈，怀念萨冈》，贴在网上，随后出差了几天。出差回来，在办公室翻看《新京报》，赫然发现这个帖子已全文刊发在《新京报》上。正纳闷间，打开邮箱，看到一个署名胡少的人发来的邮件，说是《新京报》的编辑，用了那个帖子。出于对汉语名字的敏感，“胡少”这个名字给曾经自诩为“汉语手工艺人”的王怜花留下了深刻的印象。此后再无联系，直到 2006 年初，王怜花突然接到胡少的电话，说想再版《古金兵器谱》。原来胡少已改行做了书商，正在运作“胡杨文化”。随后胡、王二人约在西坝河畔的太和茶馆做一番详谈，这是他们第一次见面。这一见，有分教，才发现二人原来竟是同门师兄弟，同出曹文轩教授门下——世界确实很小，呵呵。

于是就有了这本《江湖外史》。

王怜花是个什么样的人？

《古金兵器谱》受到了很多人的称赞，这使王怜花的虚荣心得到了很大的满足。慢慢地，江湖上都以为《古金兵器谱》的作者应该是关于古龙和金庸的专家，其实，王怜花不过是在借古金说事而已，所谓“借古金的酒杯，浇自己的块垒”。本质上，《古金兵器谱》是一部关于道路问题的书（这一点何帆博士说得准确而锐利）。关于古龙和金庸，王怜花的看法是：古龙和金庸是用来读的，不是用来研究的；肯定会有“古迷”和“金迷”，但最好不要有“古学”和“金学”。这个逻辑有点像王朔在别人将他和高尔基一块相提并论时说的那样：“别把我和人家比，否则，把人家比庸俗了，也把我比庸俗了。”不过，总是不断有人问王怜花到底更喜欢谁，古龙还是金庸？王怜花的回答是：“最早只读金庸，不读古龙；后来也读古龙了；后来金庸和古龙轮流读；后来读古龙的时候更多了；现在，古龙和金庸轮流读。”

因为《古金兵器谱》，王怜花认识了很多朋友，遭遇了一些故事，其中有两个故事比较有意思。第一个故事是王怜花的朋友华年说的。华年说她的一个朋友，是一个做到很高职位的、做市场的职业经理人，有一天读到了《古金兵器谱》的最后一章《尘土荣华，昔晦今明》中的这段话：

> 最后，当韦小宝身处不可调和的两难境地时，他想通了一个惟一的破解之道：“老子不干了。”不瞒诸位，这些年兄弟混迹江湖，每当碰上种种难题，就会想起韦小宝，并且学着用韦小宝的方式和态度来对付，结果就会觉得没什么大不了的，该低头时就低头，没有什么屈辱、压抑和郁闷，最多老子不干了。

据华年说，她的朋友读到这段话时突然有醍醐灌顶的感觉，跟着就辞职不干、退隐江湖了，不久后，到一家刚刚开业的很有个性的小书店做义工帮忙打杂。呵呵。

第二个故事是王怜花自己说的。有一天，王怜花收到一个叫“烟花三月”的 ID 发来的 EMAIL，说他喜欢文学，想系统地学文学，请王怜花帮忙开些书目。开书目的事是张之洞和胡适之这样的人干的，王怜花绝不敢干这样的事，于是拖着没给回复。过了一阵，收到“烟花三月”的第二封 EMAIL，说自己是北师大经济学专业的学生，因为喜欢文学，想转到中文系。王怜花觉得这个 EMAIL 必须回了，就回复说其实学经济学是很不错的，说北师大的钟伟教授经济学造诣高深，应该跟着好好学，可以帮忙介绍。很快王怜花就收到“烟花三月”的第三封 EMAIL，说还是喜欢文学，想改学文学。王怜花想了想，回了如下三句话：每个人都需要有一个赚钱养活自己的职业；把爱好当职业很容易把爱好也给毁了；文学本质上是一种享受，一种很隐秘的、自我的精神享受。过了几天，王怜花收到“烟花三月”的第四封 EMAIL，只有一句话：“文学本质上是一种享受。我明白了。谢谢。”

照王怜花看来，这两个故事都是关于道路问题的故事，至少都和道路问题有关。关于王怜花是一个什么样的人，网上一个叫“河马”的 ID 有一个很简明的答案：写《古金兵器谱》的男人，《谁会感到不安》的写者，写《美好十四行》的诗人。如果不嫌啰唆，还可以列举如下：汉语手工艺人；自由主义者；市场原教旨主义者；享乐主义者；一个倡导自己和员工“努力工作、及时行乐”的人，“努力工作”是因为不得不工作、不得不努力工作，否则就会饥寒交迫，“及时行乐”是努力工作的目的所在——呵呵，应该还是人生的意义所在。

在《江湖外史》之后，江湖上还会发生什么样的事？

1. 以 PPT 的方式回答如下

标题：江湖上会马上出现一个叫“汉语江湖”的网站

网址：www.worldofchinese.com（更好的域名都被注册了，只剩这个还算凑合）

宗旨：全世界热爱汉语的人们联合起来，建立一个美妙的汉语江湖

口号：江湖是讲汉语的

栏目：《风》《雅》《颂》《文选》《绝妙好辞》《汉语的敌人》《汉学档案》（详情请即登录查阅）

团队：堂主和斑竹均为江湖高手，登录即知，将有意外惊喜

商业模式：绝密，略

合作伙伴：胡少（所有文字产品均交由胡少出版）

产品案例：《江湖传信录》（见附件，链接）

2. 点击链接，查看附件

《江湖传信录》

写者　王怜花

（本附件仅选用第一节、第二节。阅读全文请即登录“汉语江湖”网站。）

古金多少事

都付笑谈中

——题记

（1）序言或关于江湖的一种说法和两部文献。

世上本来是没有江湖的，那时大家都过得平平安安、平平常常、平平淡淡。后来有一天，出了一群人，靠着手中一支如枪秃笔，渐渐折腾出一个江湖来。大泽龙蛇，大浪淘沙，终于这群人中的两个成了大佬，其中一个是金家帮的总设计师，江湖上人称金老大；一个是古家帮的总舵主，江湖上人称古老大。这是江湖上势力最大的两个帮派，实力对比十分微妙，总是以微弱点数险胜或者惜败。其余梁家、柳家、温家、诸葛家、卧龙家、司马家等等小帮小派都是不成气候的。

且说这两个老大手下高手如云，个个都曾做出过泼天大的事来，只是韶华易逝、岁月无情，等到时过境迁，那些传奇也就逐渐被人忘记。不过，每个时代总是会有那么一两个洞悉人生和历史奥秘的智者，知道什么才是不朽——比如金老大手下一个叫前朝太监的人和古老大手下一个叫王怜花的人，知道只有文字才是不朽的，因此他们各写了一本书，前朝太监写的叫《葵花宝典》，王怜花写的叫《怜花宝鉴》。事物总是不可思议地呈现微妙而神秘的对称，这两个人的才华、这两本书在江湖史上的地位，竟然也和金家帮与古家帮的实力对比一样旗鼓相当，就连这两本书的书名都惊人地对称。当然了，这两本书都成了江湖学的经典文献，不过，奇怪的是，江湖上听说过这两本书的人很多，见过的很少，真正读过的人就更少了。江湖上一直以为这两本书只是武功秘籍，而事实上，武功秘籍只是这两本书的附录部分。这两本书主要记载了很多不为人知的江湖秘史，其中有些是金老大和古老大有意留白的；有些是他们以为不足为外人道的；更多的是他们手下的那些高手不让他们知道的事——每个人都有自己的恩怨情仇，何必事事都让老大知道呢？

如果套用海明威的冰山理论，那么，可以说金老大和古老大的经典文本只是江湖这座冰山露在海面上的那一小部分，而前朝太监的《葵花宝典》和王怜花的《怜花宝鉴》，才是海面下的那绝大部分。关于这两本书以及它们所记载的从未披露过的江湖故事，是这本《江湖传信录》的主要内容。

（2）一本书有自己的命运。

按金老大和古老大在经典文献中的表述，《葵花宝典》和《怜花宝鉴》都已失传了。根据经典文献的记载，从版本学的角度对这两本书做一番考辨或许是一件有趣的事。

关于《葵花宝典》，少林寺方证大师的说法最为重要。据他在和冲虚、令狐冲于恒山翠屏山悬空寺三人绝密会议上的说法，前朝太监在三百年前写出《葵花宝典》，其中前两百年的流传史已不可考，只知其间无一人据此书练成绝世武功——其原因当时至为神秘，现在则是地球人都知道。可考的历史从百余年前福建莆田少林寺下院方丈红叶禅师获得此书开始。为方便叙事，可将红叶禅师手里的这部《葵花宝典》称为“红叶本”。可以肯定红叶禅师精读过此书，但同样因为那个地球人都知道的原因，没有据此修炼。后来，华山派的岳肃和蔡子峰到莆田少林寺做客时偷看了此书，由于时间紧迫，他俩分工，一人偷背一半，回到华山后，拼凑参研。红叶禅师发现华山派这两位老兄的行径后，当即派他的得意弟子渡元禅师前往华山劝阻。渡元本来对《葵花宝典》一无所知，但他在听岳、蔡二人背诵经文向他请教时竟然全都默记了下来——看官，这渡元的背记能力和偷背《九阴真经》的黄药师的老婆有一比——八天后，渡元尽得岳、蔡所有，飘然下山，却再也没回莆田少林寺，而是还俗成林远图——渡元者，图远也，是名远图——并且很快在江湖上创下一番伟业。至此，《葵花宝典》出现了两个新的版本，一是岳、蔡两人手录的残本，可称为“岳蔡本”；一是渡元在华山上每夜将白天所默记的写在自己穿的袈裟上的残本，可称为“袈裟本”——也就是所谓“向阳巷老宅的祖先遗物”——这个版本另有一个名字叫《辟邪剑谱》。这两个版本肯定有所不同，它们在开篇第一道法诀上的书写就有差别：“岳蔡本”为“欲练神功，引刀自宫”；“袈裟本”为“武林称雄，挥剑自宫”。

此后，魔教（这是当时对日月神教的妖魔化称谓）十长老攻打华山，夺走“岳蔡本”，并将它奉为镇教之宝。任我行翻阅过，但他没有修炼，而是出于政治斗争的需要，将它传给了东方不败。东方不败是据此版本完整修炼的惟一一人，他自宫时用的应该是刀，因为“岳蔡本”写的是“欲练神功，引刀自宫”。这个版本最终毁在任我行手里。

“袈裟本”先是落到岳不群手里，这位君子剑当即按要求挥剑自宫，开始修炼。注意，他自宫用的是剑。用什么工具来自宫，是非常重要的细节，直接关系到修炼成果，这只需比较一下东方不败和岳不群的武功差距就可明白。这反过来也说明版本对于做学问的极端重要性。后来“袈裟本”又落到林平之手里，他也是马上就挥剑自宫修炼了。因为害怕岳不群的政治迫害，在背熟内文后，林平之即将“袈裟本”毁去。至于左冷禅和劳德诺所修炼的，是岳不群故意陷害他们的“袈裟本”伪版，可忽略不提。算一算，阅读并修炼过“袈裟本”的共有渡元（林远图）、岳不群、林平之三人。这个版本最终毁在林平之手里。

至于“红叶本”，红叶禅师在临圆寂时将它投入火炉烧掉了。于是，江湖上都以为《葵花宝典》就此失传了。

再来看《怜花宝鉴》。王怜花在决定和沈浪、朱七七买舟海外前，到李园（后来改叫兴云庄）找李寻欢，想把《怜花宝鉴》交给他保全，不巧小李探花正好去了关外，于是王怜花把书交给李寻欢当时的女友林诗音。林诗音出于女人特有的一种心理，认为男人学问越大越麻烦，于是没跟李寻欢提起这事，将《怜花宝鉴》压在了箱底隐瞒不报。后来林诗音嫁给了龙啸云，生了一个儿子叫龙小云。林诗音为了给儿子治病，将《怜花宝鉴》交给龙小云修炼。因此龙小云是修炼过《怜花宝鉴》的惟一一人。再后来，龙啸云想用《怜花宝鉴》救李寻欢，在金钱帮总部被杀，揣在他怀里的那本“用油纸包的《怜花宝鉴》”和他的尸体一起被金钱帮销毁了。《怜花宝鉴》由此失传。

以上就是依据经典文献的记载对这两本书的版本流传所做的考辨，结论是两本书都已失传。实际上，曾经在江湖上流传过后又失传的这两本书，其实只是全书的附录部分，主要是武功秘籍部分，而且都是残本。比如，号称正版的“红叶本”《葵花宝典》，实际上只是《葵花宝典》所收录的诸多武功秘籍中名叫《辟邪剑谱》的那一部秘籍的上半部，现在地球人都知道，下半部的第一句话是：“若不自宫，亦可成功。”接下去写的就是正常修炼的法门。这就可以解释红叶禅师烧毁“红叶本”时所说的困惑：“这部武学秘籍精微奥妙，但其中许多关键之处，当年的撰作人并未能妥为参通解透，留下的难题太多，尤其是第一关，不但难过，简直是不能过、不可过，流传后世，实非武林之福。”很简单，因为红叶手里只有上半部。至于为什么当时只流传上半部，近期有江湖学论者推测，可能是当时武林人口激增，导致资源紧张，有人想用这一手段来控制人口增长，果真如此，那么其结果是非常失败的，因为总共只有林远图、东方不败、岳不群、林平之四个人做了自宫。另外，最新的江湖学研究成果认为，岳不群的自宫和别人不太一样，他一半是为了练功，一半却是为了亲身尝试自宫这一高峰体验。考虑到岳不群和宁中则这对几十年如一日的江湖模范夫妻之间确实存在“审美疲劳”，而以岳不群的身份和人格面具，又不可能像别人一样搞婚外恋或一夜情，因此，尝试自宫是说得通的。从论据上看，还可以用东方不败的一段心得来做辅证：“直到后来修习《葵花宝典》，才慢慢领悟到了人生妙谛。其后勤修内功，数年之后，终于明白了天人化生、万物滋长的要道。”毫无疑问，这是东方不败自宫高峰体验的抽象表述。这些是题外话了，就此打住。

话说回来，那么，全本的正版的《葵花宝典》和《怜花宝鉴》到底哪里去了呢？最终又传到谁的手里了呢？这些说来话长，就像一句意大利谚语说的，一本书有自己的命运，且待慢慢分解。

（3）究竟是谁和谁笑傲江湖？（略）

（4）在没有 DNA 测试手段的年代，如何推断阿飞是谁和谁的儿子？（略）

（5）爱情与阴谋：沈浪为何一定要王怜花陪他和朱七七一起买舟海外三人行？（略）

（6）谁是最有情有义的男人？是欧阳克吗？（略）

……

王怜花

2006 年 3 月 6 日

于北京

2010年版序

《江湖外史》出版于2006年，其前身《古金兵器谱》出版于2002年，现在是2010年，《江湖外史》再版。算一算，每四年再版一次。

四年时间能干些什么呢？四年能换一届政府，做一间上市公司，读一个本科……还可以卖出N多本《江湖外史》。

四年时间也可以什么都不做——眺望时光流逝。

王怜花

2010年3月3日

2013 年版序

《江湖外史》2013 年版缘于以下三位朋友：

1. *@ 玄宗 1911*

2013 年 6 月 5 日，芒种，北京少见的蓝天，中午，*@ 王怜花* 和 *@ 玄宗 1911* 、*@ 点亮自己的小心灵*、*@JessieSUN2010*、*@ 李子超央视高网* 一起在公司旁边五道营胡同的藏红花餐厅吃西班牙菜。席间，*@ 玄宗 1911* 聊了聊信托理财产品的二三事，猜测银行会摊上大事。席后，*@ 王怜花* 送 *@ 玄宗 1911* 一本 2010 年版的《江湖外史》。三天后 *@ 玄宗 1911* 私信 *@ 王怜花*，说他朋友把当当上的《江湖外史》全给买光了，问还有没有库存，还有朋友要买。

@ 玄宗 1911：金融男，热爱红酒和生蚝。

2. @*臧棣*

2013 年 6 月 9 日是一个要上班的星期天。

北京下着春夏之交的细雨与呼喊。

人们在微博和微信。

10：44，@*臧棣* 贴出长微博《皆寂寞从书——纪念古龙》，@且仅@@*王怜花*。诗曰：

又到了反骨换金条的
秘密时间，浪子谦虚通俗。
而无价埋伏慧眼；不信的话，那边，
就有公平秤。尽管去，随便秤。
仅仅凭借肉身，懂生活太难了——
就仿佛人生如旁观暗战。
看着，看着，好东西
全都被寂寞出卖了。
我秘密地读过他的小说
所以，把西默农和西门庆放在一起，
谈不上误会。老外怎么能懂
皆寂寞是什么意思啊。
但我猜想，他在骨子里厌恶

我们的秘密会坎坷于差异。
大器始终在那里，酒，不过是
一种有趣，且深奥于并不深奥。
所以，我不敢肯定，只是推想——
真正的宽容其实全在酒里。
惟有无趣，才因人而异。

2013 年 6 月 8 日

“一首伟大的诗可以有多伟大”，话说这首伟大的诗突如其来地激发了 *@ 王怜花*。

@ 王怜花：这首诗，突然激发了我对汉语的激情，也许我该对自己说：“汉语，不戒”……*//@ 臧棣*：说到读古龙，你是我导师。*//@ 王怜花*：我靠，我靠，十分了得。“但我猜想，他在骨子里厌恶”，这一句十分厉害。

@ 臧棣：古龙比金庸，有两个比法。1. 越比越觉得两人差异大。2. 越比越觉得两个人其实可能是同一人。如非比不可，我倾向于选 2。两人很可能是同一体的不同表现，或者这样才有更大看头。

@王怜花：惭愧。离“金刚不坏”还差远了——俺的三重境界是“强颜欢笑、唾面自干、金刚不坏”。//@*臧棣*：曾有人问怎么看（金庸和古龙），我回答：《江湖外史》犹如“不二法门”。

其时《江湖外史》的出版商 *@曲梵一三* 正好在线，*@王怜花* 想起 *@玄宗1911* 的问题，便问还有没有库存，答说没货了，于是商量再版：*@王怜花* 写个2013年版序，*@曲梵一三* 在微博上发起封面设计征集。

@臧棣：大师。热爱汉语。

3. *@JessieSUN2010*

2013年6月25日，工体东门内，Oyster Talks餐厅，热爱生蚝的 *@玄宗1911* 请 *@点亮自己的小心灵*、*@JessieSUN2010*、*@本山绿*、*@愤怒的S小姐*、*@王怜花* 蚝聚。*@玄宗1911* 讲着“620银行钱荒”的故事——银行这么快就摊上大事了，呵呵——几打法国、南非、澳洲、新西兰生蚝在故事中就不见了。后来谈起《江湖外史》再版，*@JessieSUN2010* 说由她做封面设计和内文插图。话说 *@JessieSUN2010* 对汉语阅读有天才的敏感，多年前她读《江湖外史》，就对其中引用的古龙形容林仙儿的那句“她在等待，也在邀请”颇多激赏。这感觉就像 *@王怜花* 对 *@臧棣* 说的：“有时我的错觉不免自负地认为，*@臧棣* 伟大的书写，是因为有 *@王怜花* 天才的解读。”

蚝聚后没几天，*@JessieSUN2010* 获得灵感，动手绘制封面和插图，并且和出版商 *@曲梵一三* 做了沟通。

事就这样成了。

@JessieSUN2010：金融女，但已金盆洗手——“我的工作由高尔夫和生活构成。”热爱一切美。

6 月 28 日，看到 *@濛晓晨* 发的“告别北大前的一百件事”微博，其中“读《江湖外史》”排在第 46 位，高出“吃西门鸡翅”12 位，不免让 *@王怜花* 的虚荣心得到很大满足。*@濛晓晨* 的微博如下：

46. 读一本与北大有关的书。几经周折终于在网上淘到一本二手的@王怜花《江湖外史》。第一次读是刚进大学时帮某系8x级做毕业20周年视频，他们借我这书便于我了解他们当年的情谊与感触，如今再读又有了新的理解，关于江湖武侠，关于北大记忆，也关于想成为何种人。

58. 吃西门烤翅。闻名已久的老丁，不仅出现在《此间的少年》，还出现在许多师兄师姐的论文致谢中，吸引大家的也不再只是美味的食物。忍着眼泪吃掉变态辣的鸡翅，干了一杯啤酒，想说的话太多，没说出口是怕泪先流，趁着还没毕业还是先二着吧。

古龙说：靠一支笔我得到了一切，连不该得到的都得到了，那就是寂寞。

@王怜花 说：靠一本《江湖外史》我得到了一切，连不该得到的都得到了，那就是虚荣。

@王怜花

2013年7月7日

于温榆河畔

古金兵器谱

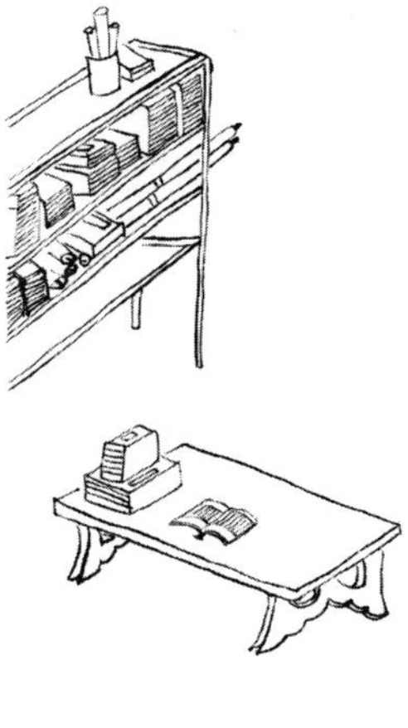

引子：我的江湖

1984 年的冬天是我的江湖生涯的起点。那是我经历的第一个寒冬，第一次看到下雪，第一次领略寒风彻骨。此前我是一个南蛮，不知道什么叫冷。那年寒冬的一天，睡在我下铺的兄弟王枫从风雪中带回一本破烂不堪、繁体竖排的《射雕英雄传》，下半夜他将书给我，限我中午 12 点前读完，因为 12 点前必须还给租书店。从那一刻起我入了江湖，至今仍未金盆洗手。那个冬天我和王枫轮流去海淀的良友书店租金庸（就是从那时起我和王枫之流就不太上课了）。这段经历我在《上坡路和下坡路是同一条路》中曾大张笔墨，这里就不再多说了。但王枫此人很重要，因为他只看金庸，不看古龙——至今仍然不看古龙，仍然看不上古龙。这是有代表性的一种阅读标准，其经典表述是："金庸的武侠小说是小说，古龙的武侠小说是武侠。"

不瞒诸位，当年我和王枫的看法一模一样。看完"飞雪连天射白鹿，笑书神侠倚碧鸳”后，别的武籍一看，最多是“紫霞神功”的水准，不入法眼。当时我住北大 32 楼 307，斜对面 304 住着一位同班大侠韩荣刚，他读完金庸后，又将古龙、卧龙生、柳残阳、独孤红、诸葛青云、司马紫烟、温瑞安以及海淀良友书店的所有武功秘籍一网打尽。本科四年，他专攻武学，但考试都能过，是个奇才。且说有一天我在他桌上看到古龙的《多情剑客无情剑》，随手一翻，读到一句：剑无情，人却多情。我不禁笑出声来，我知道这是轻蔑的笑声。我说：这种烂书你也看。他只是笑了笑，没说话。（多年后的某一天我猛然醒悟：韩兄那一笑是大智的一笑。）这之后的又一天，我看到我所敬佩的师兄邱小刚毕业后路过北京，随身带着《陆小凤》。后来又知道邱兄当时是心生厌倦，出走鄂伦春，只身所带竟然就是古龙。到了 1989 年的夏天，我突然迷上了古龙，说来脸红，看的第一本古龙正是小李飞刀系列，海天出版社 1988 年版，此刻仍在离我不到一米的书架上。

十多年来，我发现只要有人群的地方就有江湖，有江湖的地方就有古金。 2000 年夏天我和沈灏在广州的木兰英酒吧谈古论金，我说看了古龙再看金庸，觉得金庸太重，就会更喜欢古龙。沈灏说会有一个否定之否定，最后又会重新喜欢金庸。

我时常想，造化是多么的神秘和奇妙：既生金，又生古。假如江湖上只有金庸，或者只有古龙，那将是我们多大的遗憾。做人的难题不在于他将采取何种行动，而在于他想成为何种人。作为一个汉语的热爱者，我常常会对造化深怀感恩之心：在汉语支离破碎苦难深重的20世纪，上苍还是同时赐予我们金庸和古龙所创造的汉语奇迹。

对我来说，金庸和古龙的书，不仅给我带来阅读的快乐，带来愉悦和慰藉，而且也加深我对道路问题的迷恋——这是我长久关注的问题。《古金兵器谱》，是我对古龙和金庸书中一些人物的道路问题的一种描述。在这背后，是威廉·詹姆斯的一句话："人的难题不在于他将采取何种行动，而在于他想成为何种人。"

风尘外物

> 我真想谦卑下跪，可是
>
> 让我跪在谁的面前呢?
>
> ——克利

我初上万科周刊 BBS 玩的时候，注册的名字用的是“无花”，几天后，改用“王怜花”。几个月后，我发现，已经在坛子上——主要是在《经济人俱乐部》——很有名气的“面朝大海”改用“无花”作马甲。我想说的是，至少有一个人和我一样，喜欢“无花”这个 ID。

在《楚留香传奇》系列中，几乎所有的人物都是楚留香的陪衬人，只有一个人是例外，那就是妙僧无花。在《血海飘香》中，无花是真正的主角。无花的绝技是“迎风一刀斩”，古龙写无花，用的也是迎风一刀斩：惜墨如金，于惊鸿一瞥中绝才惊艳。《血海飘香》共二十七章 240 页（珠海出版社 1998 年版），只有六章写到无花。第一次写到无花，是在第三章第 20 页，无花并未出场，而是通过楚留香和宋甜儿、李红袖、苏蓉蓉三女的对白先声夺人：

他笑着道："你最想见的人是谁？当今天下，谁的琴弹得最好？谁的画画得最好？谁的诗作得令人销魂？谁的菜烧得妙绝天下？"

他话未说完，李红袖已拍手道："我知道了，你说的是那妙僧无花。"

……

苏蓉蓉温柔笑道："我听说此人乃是佛门中的名士，不但诗词画书，样样妙绝，而且武功也算是高手。"

楚留香道："岂止是高手，简直可说是少林弟子中的第一高才，只可惜他……他实在太聪明了，精通的实在太多，名也实在太大，是以少林天湖大师册立未来掌门时，竟选了个什么都比不上他的无相。"

李红袖道："像他这样的人，对这种事想来是不会在意的。"

楚留香拊掌道："不想李红袖竟是无花的

红颜知己。”

主角先不现身，而是通过别的人物的转述来诱发读者的想象，这是叙事学上的惯用招数。我之所以不厌其烦地引用这段对白，是因为这段话非常重要，是在无花还没出场的情境中已写出了无花的风姿和命运，尤其是命运。以无花之才具，天湖大师不立他而立无相，已隐隐可见无花身上必有另一种令人不安的东西。而对此无花本应像李红袖说的那样“不会在意”，可是身世和野心令他对此是“很在意的”。不过，这种在意却不是左冷禅式或者岳不群式的，而是无花式的——这样的区别是非常重要的。

到了第八章，无花本人才出场，出场前还先铺垫他的琴音。此时楚留香正和中原一点红激战西湖：

> 烟水迷蒙中，湖上竟泛着一叶孤舟。
>
> 孤舟上端坐着个身穿月白色僧衣的少年僧人，正在抚琴。星月相映下，只见他目如朗星，唇红齿白，面目姣好如少女，而神情之温文，风采之潇洒，却又非世上任何女子所能比拟。他全身上下，看来一尘不染，竟似方自九天之

上垂云而下。

这是无花出场时古龙对他的描写，所谓惊为天人。请注意关于无花相貌的用语，对比一下《世说新语》中对那些名士相貌的措辞：

王右军见杜弘治，叹曰："面如凝脂，眼如点漆，此神仙中人。"

时人目王右军"飘如游云，矫若惊龙"。

有人叹王恭形茂者，云："濯濯如春月柳。"

裴令公有俊容仪……时人以为"玉人"。见者曰："见裴叔则如玉山上行，光映照人。"

王夷甫容貌整丽，妙于谈玄，恒捉白玉柄麈尾，与手都无分别。

时人目夏侯太初"朗朗如日月之入怀"，李安国"颓唐如玉山之将崩"。

嵇康身长七尺八寸，风姿特秀。见者叹曰："萧萧肃肃，爽朗清举。"或云："肃肃如松下风，高而徐引。"山公曰："嵇叔夜之为人也，岩岩若孤松之独立；其醉也，傀俄若玉山之将崩。"

在魏晋时代，汉人开始形成"文采风流"的审美价值观。隽朗的容颜、高蹈的言谈举止和必不可少的才学，综合体现在一个人身上，就形成一种“风姿”，而人本身就成为一种艺术品。古龙笔下的无花，就是这样的一个人，这样的一个艺术品。

无花再次出场，已到第十六章：

> 一个人飘飘自后堂走了出来，素衣白袜，一尘不染，就连面上的微笑也有出尘之意，正是那妙僧无花。

最后三章才浓墨重彩写无花。在莆田南少林寺中，楚留香、无花和天峰大师泡茶那一节，于无声处惊心动魄。三个人心照不宣地演绎一场生死茶会，表面波澜不惊，心底波涛起伏。在生死关头，三人在谈吐中所表现出的机锋、定力和风度，都是汉人传统中最精妙的精神写照。在戏的大幕就要落下时，楚留香对无花有一个评价：“你真是个奇怪的人，无论多卑鄙、多可恶的话，你竟都能用最温柔、最文雅的语调说出来。”这之前，他们是惺惺相惜的朋友。“只可惜那时我纵然怀疑世上的每一个人，也不会怀疑到连琴声都不愿沾着杀气的无花身上。”楚留香说。而无花则说：“你我的友情，到现在所剩下的，已不如眼睛里的沙粒多了。”既已如此，他们之间免不了要有一战。当无花败于香帅时，无花的神色和古龙的笔调一样冷静：

> “很好，我今日总算证实，我的确不是你的对手。”他的语调那么平淡，就像刚才证实的只不过是场输赢不大的赌博而已，任何人也听不出他已将生命投注到这场赌博中。
>
> 楚留香叹了口气，道：“你虽已输了，但无论如何，你的确输得很有风度。”
>
> 无花发出一声短促的笑，道：“我若胜了，会更有风度的，只可惜这件事已永远没有机会证实了，是么？”
>
> 楚留香黯然道：“不错，你的确永远没有胜的机会了。”

无花的最后一句话是他形象的最好的写照，他说：“楚留香，无论如何，你也休想让那种人沾我的一根手指。”说完，他就自尽了。他是太骄傲了。普天之下，或许只有楚留香、西门吹雪、李寻欢、叶孤城、陆小凤这样的人才配和他做朋友或对手。不错，骄傲，还有孤洁，是他的本性。对“洁”的境界的追求，是汉人形象中另一个重要的传统。这样的人，必须忍受孤独和寂寞，并且绝不妥协。无花就是这样的人，所以他宁为玉碎，不为瓦全。在他的辞典中，没有“好死不如赖活”这样的俗语。按书中的安排，无花是反面角色，但当你看完全书，挥之不去的竟然只是无花的“孤洁”的形象，这可能是叙事学上人物有时不受作者控制的经典案例，如托尔斯泰的安娜，司汤达的于连。《世说新语》所谓“神姿高彻，如瑶林琼树，自然是风尘外物”，那正是无花的风神。

我一直在想，为什么我只用了几天就放弃“无花”这个 ID 呢？除了我很不喜欢古龙在《大沙漠》中让无花复活变成“吴菊轩”这个狗尾续貂的安排外，我以为如今的江湖，如今讲汉语的地方已容不下无花这种人了。此外，无花的问题在于他的心胸不够宽广，身世遮住了他的双眼，使他看不清自己和世界，而他本来是可以有更广阔的道路的。如果用三重境界说来衡量的话，无花只到达了“看山不是山，看水不是水”的第二重境界。相比之下，另一个和尚，金庸《天龙八部》中的无名老僧，到达了“看山还是山，看水还是水”的最高境界。

走过大地　不留痕迹

人的难题不在于他想采取何种行动，

而在于他想成为何种人。

——威廉·詹姆斯

《天龙八部》是我在 1984 年冬天初读金庸时读的第四部书，前三部是“射雕三部曲”。当我读到第五集第四十三回《王霸雄图，血海深仇，尽归尘土》时，有一种不可思议的石破天惊的感觉，这是我从未有过的阅读经验。那以后我每年都要三番五次地重温这一回，每一次都能找回那种高峰体验。这种石破天惊的感觉后来只在我读博尔赫斯的时候才又出现。（最近读张五常又有这种感觉。）是那个前不见古人，后不见来者，既无伏笔亦无后话，只在这一回横空出场的无名老僧令我获得那种奇妙的阅读感觉。

这一回之前故事情节发展很快，或者说金庸的推进速度很快。群雄会盟少林寺，书中所有重要人物第一次也是惟一的一次聚齐。而情节上此前的所有悬念也都刚刚明白，如虚竹、玄慈、叶二娘一家相认；萧远山和慕容博咸鱼翻生，死而复活。谜团渐次解开，真相终于大白。就在萧家和慕容家准备在少林寺的藏经阁一了恩怨时，无名老僧出场了——这一章回就是他的个人秀。此前书写上已经起来的速度到这里开始减缓，叙事的节奏一下慢了下来，像激流刚过险滩即入平川，此后全书逐渐奔向结局。这一回是全书的重中之重，而金庸则举重若轻。在藏经阁，萧峰严辞驳斥慕容博的生意经的话音刚落，老僧便出场了。

> "善哉，善哉，萧居士宅心仁厚，如此以天下苍生为念，当真是菩萨心肠。"

老僧的声音先于本人出现，他出现时，没有人认识他，就连少林寺的和尚也叫不出他的名字，只知他是个扫地打杂、地位最低微的服事僧，"只剃度而不拜师，不传武功，不修禅定，不列玄、慧、虚、空的辈分排行"。

老僧出场后先对着萧远山说：

“记得居士第一晚来阁中借阅的，是一本《无相劫谱》，唉，从那晚起，居士便入了魔道，可惜，可惜……居士第二次来借阅的是一本《般若掌法》。当时老僧暗暗叹息，知道居士由此入魔，愈陷愈深，心中不忍，在居士惯常取书之处，放了一部《法华经》，一部《杂阿含经》，只盼居士能借了去，研读参悟。不料居士沉迷于武学，于正宗佛法却置之不理，将这两部经书撇在一旁，找到一册《伏魔杖法》，却欢喜鼓舞而去，唉，沉迷苦海，不知何日方得回头。”

然后他对着慕容博说：

“慕容居士虽然是鲜卑族人，但在江南侨居已有数代，老僧初料居士必已沾到南朝的文采风流，岂知居士来到藏经阁中，将我祖师的微言法语，历代高僧的语录心得，一概弃如敝屣，挑到一本《拈花指法》，却便如获至宝。昔人买椟还珠，贻笑千载。两位居士当世高人，却也作此愚行。唉，于人于己，都是有害无益。”

当我初读此段时，我想我的惊诧和偷学少林秘籍绝技的那两个家伙一样。这是多么惊心动魄的言辞和态度，多么不可思议的构思和情节，多么醍醐灌顶。再看他如何说本寺的玄澄大师：

> “当年玄澄大师来藏经阁拣取武学典籍，老衲曾三次提醒于他，他始终执迷不悟。现下筋脉既断，又如何能够再续？其实五蕴皆空，色身受伤，从此不能练武，他勤修佛法，由此而得开悟，实是因祸得福。”

之后老僧以绝世武功和置之死地而后生的办法解开萧远山和慕容博的死结，使慕容博的王霸雄图和萧远山的血海深仇尽归黄土。这个无名老僧的智慧、胸襟、见识、修为、无为的求道、无名的存在，是金庸所要表现的最高境界。求道修远，不是仅仅为了生存，也不仅仅是为了荣耀，而是寻求一种更高更远的精神。我的同学韩卫东，学汉语专业，熟背中原音韵，精《五灯会元》，英语也好，当年他多次和我说到，他心目中最理想的职业是做收发室的看门人，与世无争，自在生活。韩并不是一个枯燥乏味的人，相反，他吃喝玩乐样样精通，桥牌打得好，足球踢得好，生机勃勃。他之所以能那样想，是因为他有着强大的内心世界，特别是，他的内心是平静的。

也许有大学问在身，但不是一定要当教授和院士。当然，他不可能实现这样的愿望。历尽劫波后，他最终还是选择了职业经理人生涯，加入乏味的中产阶级的队伍。即便如此，我想他依然能寻求到内心的平静，因为以他的智慧，外在的一切已无损心灵的修炼。就像那无名老僧，即便出任少林方丈甚或武林盟主（他完全有这能力），他也不会和扫地时有本质的区别。我必须说，人和人是不同的。如何让道路遇合自己的天性和心灵的要求，是一种大智慧。万丈红尘，功名利禄，经常使我们像萧远山和慕容博那样，买椟还珠。

在我所读过的作品中，惟一与这个无名老僧相近的人物是毛姆《刀锋》中的莱雷。在经历了漫长的阅读、思索和寻求后，莱雷选择了做一个出租车司机来安度余生。1991 年，在写《艺术家生涯》时，我写下我一生的理想：走过大地，不留痕迹。

多年的重读使我确信：金庸写这个无名老僧，是有深意的，我想在这神来之笔中，他已窥见了人生的奥秘。这是真正的神来之笔，如天外飞仙，矫矫不群；羚羊挂角，无迹可求。神鬼莫测的笔法，神龙见首不见尾的人物，这是我对金庸和他笔下这位高僧的深深赞叹。先生之风，山高水长。

噫，微斯人，吾谁与归？

活着

到了这种地步，我深信活着就是为了吃饭

我就是这样理解生活，我也将这样对待自己

——旧作《厌倦十四行》

我读初中时使用的英语课本中，常会有一些格言或谚语，是用来帮助理解某些单词、语法或惯用法的。我记得最深的是这样一句："We eat to live, not live to eat——我们吃饭是为了活着，但活着却不是为了吃饭。"那是为了加强对一个句式和"eat、live"这两个单词的理解吧，同时，当然了，话中还蕴含了深刻的道理，要我们自己领会。1991 年的某一天，在写《厌倦十四行》时，我觉得我领会了这句话。在诗中，我写道：

到了这种地步，我深信活着就是为了吃饭

我认为我理解得很深刻了。在古金的江湖上，除了无花和无名老僧外，有三个不一般的和尚，也以各自奇异的命运和态度，帮助我们理解“活着”和“吃饭”的意思。他们是老实和尚——一个集虔诚老实的圣徒、心狠手辣的杀手和油滑狡黠、装疯卖傻的老江湖于一身的古怪和尚；虚竹——一个想一辈子做和尚最终却被逐出空门的老实人；不可不戒大师——一个压根就没想做和尚最终却被逼做了和尚的采花大盗。

古龙笔下的和尚人物，无花之外，当数老实和尚。老实和尚是《陆小凤》的主要配角之一，他的形象在全书的一开篇就完成了，这是一个奇迹。古龙在《陆小凤》的开篇有一个引子，介绍熊姥姥、老实和尚、西门吹雪和花满楼四人。介绍老实和尚一共只用了三个页码一千八百字不到，写他在船上遭遇水蛇帮的抢劫。他一开始说自已没钱，水蛇帮的好汉们看他糟和尚一个，也就自认晦气放过他了。水蛇帮刚离开，老实和尚突然以水上飘之类的绝顶轻功追了上去。正当水蛇帮的好汉们以为自己要被和尚黑吃黑、死定定时，老实和尚做出一件令他们掉眼珠的事，他跪了下去，说:

“我身上还有四两银子，本来是准备买件新衣服，买双新草鞋的，这已经犯了贪念（此句绝妙，妙在“已经”二字）……何况出家人不打诳语，我刚才却在大爷们面前说了谎，现在只求大爷们原谅，我回去后也一定会面壁思过，在我佛面前忏悔三个月……大爷们若是不肯原谅，我也只好在这里跪着不走了。”

在水蛇帮的好汉们战战兢兢地“原谅”了和尚后，老实和尚这才磕头跪谢，欢喜而去。然后呢？——呵呵，当然有然后。然后是：

第二天早上，有人发现水蛇帮上上下下十八条好汉忽然全都死在他们的窝里。每个人好像都死得很平静，既没有受伤，也没有中毒，谁也看不出他们是怎么死的。

这就是老实和尚：以一种奇怪的原则和方式来行走江湖，在念佛与杀生之间寻求一种只有他自己能够体会的均衡和智慧。老实和尚贡献了一种奇特的活着的方式。

金庸书里写到的和尚很多，有个性的，无色禅师是一个，火工头陀也可算一个吧，虽然他从未出过场。真正的老实和尚是虚竹。在《天龙八部》中，虚竹是主角之一。实际上，在金庸和古龙的所有作品中，和尚虽多，多是配角，身为主角的，只有无花和虚竹。《天龙八部》一书，头绪纷繁，人物繁多，且人物之间的关系十分复杂。虚竹出场很晚，直到全书过半才姗姗来迟，这是十分大胆的写法，只有胸有成竹的大师才敢如此艺高人胆大。虚竹的江湖从全书第四集第三十一回《输赢成败，又争由人算》中破“珍珑局”开始。从此这个身世不明、老实善良、脑筋迟钝、没有多少慧根的可怜孩子走上了江湖不归路。当此时，谁能料到他将有怎样的命运呢？谁能料到他竟是一代高僧玄慈和四大恶人叶二娘的私生子呢？当他们终于相认时，全书的高潮出现，那是摄人心魄的悲剧，有着原罪和挣扎，大欢喜和大灭寂。每次重读，都令我悲从中来，又觉人之勇敢。这是金庸宏伟构思的经典时刻，是金庸最大胆的想象、最缜密的思虑和最深情的书写。佛说生老病死皆为苦谛，然而金庸的虚竹说，虽然如此，生活本身依然是不可抗拒的；命运是可以有奇迹的，否则我们存在的理由本身将不复存在。虚竹的生，当然是苦，但生命的过程是真实的，而生命自有欢愉，有时甚或浪漫，谁又能料到“梦姑”“酒罢问君三语”所要问的“梦郎”就是那虚竹呢。身世虽然悲惨，但却真实；虽有苦痛，但是，在学习怎样死亡之前必须先学习怎样生活。一个人的一生自有命定的历程，如弘一法师，倘若没有先前的李叔同，何来后来的高僧弘一呢？悲欣交集，不错，悲欣交集才是完整的人生。在《天龙八部》的所有人物中，金庸给虚竹安排的是最好的结局，这是耐人寻味的。顺从命运的安排，在不由自主的破戒中坚守；接受命运的馈赠，在无可奈何的现实中承担——这是虚竹活着的方式。

最不老实的和尚，应该是“不可不戒”大师了。不过，光彩照人的是采花大盗田伯光。当年上学时，田伯光是我们大家都十分喜欢的人物，谈起他就觉得快乐。我想是金庸把他写得可爱的缘故。大学毕业时，程力同学给我的毕业留言本上写的留言赫然是“理所当然,不可不戒”八字，惹得大家又笑了几天。田伯光出场的《坐斗》一节，由仪琳娓娓说来,乃是无上妙品。此后他作为重要的配角，一直上演着多姿多彩的江湖故事。当他变成“不可不戒”后，就只做了惟一一件事——凭着他多年采花生涯练就的“闻香识女人”的独门功夫，救了恒山派的一帮尼姑。关于田伯光的采花大盗生涯，留待后文讲令狐冲时再叙；关于“不可不戒”大师，我要说的是，以喜剧的眼光来看待无可奈何的变数，在色戒之间经历极端体验，也是一种活着的方式。田伯光由淫贼到和尚，金庸走的是喜剧的路数——田伯光是被不戒和尚这样一个无厘头人物强行施用宫刑而无奈出家的。如果是顿悟自宫，那就是《肉蒲团》的未央生了——那是一个很深很深的悲剧。当然，那又是另一个故事了。而重要的是：活着，并且挺住。

艺术家生涯

这就是你：误解着生活

而别人对它的误解比你更深

——西川

“冷风如刀，以大地为砧板，视众生为鱼肉。万里飞雪，将苍穹作洪炉，溶万物为白银。”古龙就这样开始了他一生中最重要的叙事。《多情剑客无情剑》的开篇常为论者所推崇。其实，古龙的文言多有欠通之处（比如著名的“闻君有白玉美人……”那一段），无法望金庸之项背。但在起兴上，古龙是高手，以最快捷的方式烘染气氛，迅速进入情境，是他的拿手好戏。在这本书中，古龙的才情得到了最好的发挥。私下里，我的许多朋友都把《绝代双骄》排第一，而我以为，从古龙的写作历程来看，《多情剑客无情剑》是他最重要的一部作品。

从《武林外史》开始，古龙才进入属于他自己的写作（此前写的书基本上是垃圾）。自那以后，古龙在一系列作品中寻找同一个人，他或者叫沈浪，或者叫楚留香，或者叫陆小凤，或者叫叶开，或者叫谢三少爷，他们的共同特点是潇洒，沉着，风流倜傥，无所不能；他们共同的形象是浪子；其中最响亮的一个名字，叫李寻欢。

李寻欢的人生秘密不在于例不虚发的小李飞刀，不在于"一门七进士，父子三探花"的书香门第和文采风流，不在于寻欢作乐样样精通，不在于义薄云天以德报怨……当然，这些都是构成李寻欢的不可或缺的背景。他的秘密在于，他把美学引入了真实的生活中。我的意思是，他把他的一生当作一部传奇作品：他的生活方式，就是作品的形式；他的人生段落，就是作品的章节；他的处事风格，就是作品的风格；他和别人说话，就是作品的对白；他跌宕起伏、绚丽多姿、三天三夜也讲不完的一生，当然就是作品的故事情节。最重要的是，生活已成审美本身，那就不能按生活的原样来生活，而应该按作品的需要来处理。而美是危险的，因为美排斥平淡中庸，美需要多姿多彩，就像北岛说的，"渴望燃烧 / 就是渴望化为灰烬"，因此很少有人胆敢把美学引入生活，人们通常在艺术作品中进行审美活动，完了该怎么过还是怎么过（这是"美在于距离"的真谛）。就像人们激赏"宁为玉碎，不为瓦全”，但是一般都采取“好死不如赖活”的策略来对付人生。李寻欢不是常人，他窥透了这些奥秘，决定选择为美献身的人生道路。

他的第一件事，是要有两个最亲爱的女人，其中一个他深爱却永难得到——她名叫林诗音；另一个爱他却得不到他——她名叫孙小红（是的，是孙小红，而不是林仙儿。在李寻欢眼里，林仙儿还不配做他的女人，因为她什么都有，却少一样对李寻欢来说至关重要的东西——高贵。所以，她只能和阿飞演对手戏）。为了让林诗音成为他永远爱着却永难得到的女人，他为自己制造了一个不幸的悲情处境：他把林诗音让给了龙啸云。通过这个方式，他确保了他对林诗音的爱情的永生，也永远占有了林诗音对他的爱，同时，更重要的是，他永远拥有了感伤的不堪回首的不了情，这是一种何等永恒的审美行为。这就保证了哪怕在他最快乐的时候，他也是忧伤的，因为他心里有永远的伤痛。无论他如何寻欢作乐，他都知道自己其实是在强颜欢笑。这就让他与众不同，因为没有人理解他的心事。越是误解，越多伤害，对他而言就是越美。同时，我们不要忽略一直爱慕着他的孙小红的出身背景——孙小红是百晓生兵器谱上排名第一的天机老人的孙女。

他的第二件事，是要有两个最好的朋友，其中一个背叛他，另一个误解他，而他始终理解他们，宽容他们。这两个人，一个叫龙啸云，一个叫阿飞。“他那样做，总有他的苦衷。”这是他用来为朋友辩解的惯用语。他对他们的态度，有点像宋江对朝廷的态度：“纵使朝廷负我，我终不负朝廷。”这样伟大的友谊，是李寻欢艺术家生涯必不可少的重要组成部分。

他的第三件事，是要有两个真正的对手。其中一个叫上官金虹，另一个叫郭嵩阳（没错，是郭嵩阳，不是荆无命。荆无命是阿飞的对手，在李寻欢眼里，荆无命还不配做他的对手）。他们在百晓生的兵器谱上分别排第二和第四，而小李探花，就像他的功名一样，在兵器谱上也排第三。故事的结局是，郭嵩阳和李寻欢惺惺相惜，结果死在上官手里，而上官最终死在小李探花手里。

这是一个对称的故事。以李寻欢为中轴，一边是龙啸云，上官金虹，林诗音；一边是阿飞，郭嵩阳，孙小红。故事的悲欢离合无论多么惊心动魄，处于故事中心位置的李寻欢却是这样的一个人——“无论和多少人在一起，他都是孤独的。”是的，因为他和所有的人都不一样，是一个完全自恋的人。“和所有的人都不一样”，这是他自恋的原因，同时也是结果。无花和李寻欢，演绎了自恋男人的两个经典榜样。无花追求的是自己形象的完美和纯粹，不能容忍“皮囊已锈”，更不能容忍“但污何妨”；李寻欢在意的是如何将一生演绎成传奇。他是那样的自恋，以至于喜欢享受自戕的快感。在那小酒店中，他一住一年多，每天白天七壶酒，夜里七壶酒，这是一种形式感很强的自戕的美，只要有另一个人（在书里是孙驼子）见证，流传开来，就成传奇。这样的行为，就像一句忘了作者是谁但印象深刻的诗句所言的“把孤独当作幸福/用微笑表达绝望”，也颇有一点“皮囊已锈，但污何妨”的味道。

这就是李寻欢。你说他矫情也好，做作也好，你得承认你做不到他那样。不因为你没有他的能力和背景，而是你无法承受那种生活需要付出的代价：忍受寂寞，永远把生活当作艺术，时刻保持自己的形象。

现在我想谈谈古龙和李寻欢的关系。不难想见，当古龙书写李寻欢时，他是全情投入的。随着写作的深入，逐渐的，李寻欢成了古龙的理想人格和古龙自己的替身。与金庸追求中正平和的理想境界相比，古龙有着更多的叛逆性，也有着更多的自恋情结，这种自恋又表现为声色犬马的速朽形式。除了令狐冲，金庸从未将一个浪子作为主人公。并且，从情色上看，令狐兄弟配不上浪子的称号。看李寻欢：

> 他这一生中，也不知和多少位绝色美人有过幽期密会，他掌中没有拿飞刀和酒杯的时候，也不知握过多少双春葱般的柔荑。

古龙是以欣赏的态度这样写的。无论是习武，抚琴，还是用情，金庸都认为过犹不及。武学就不多说了，单说那琴与情吧。刘正风和曲洋在弥留之际仍不忘评点莫大的胡琴：

> 曲洋说："他剑法如此之高，但所奏胡琴一味凄苦，引人下泪，未免太也俗气，脱不了市井的味儿。"
>
> 刘正风道："是啊，师兄奏琴往而不复，曲调又尽量往哀伤的路上走，好诗好词讲究乐而不淫，哀而不伤，好曲子何尝不是如此？我一听到他的胡琴，就想避而远之。"

"往而不复"，这是莫大先生的问题所在，也是古龙的问题。乾隆赠陈家洛的佩玉上刻的十六字，乃是金庸推崇的境界："情深不寿，强极则辱；谦谦君子，温润如玉。"相比之下，古龙本身既有愤世嫉俗的愤青情结，又有及时行乐的浪子情怀，还有"天子呼来不上船"

的恃才傲物作派。这些东西深深地烙印在古龙的作品中，越是好的作品，这种气息就越浓。而在李寻欢身上，古龙投入了最深的感情，并且还赋予李寻欢光辉的仁爱之心。这使李寻欢的形象远远高于古龙的其他经典人物，成为古龙心目中的代表人物。实际上，古龙自己就是把美学引入生活的人，他的纵酒，他的美色之欲，他那狂放的写作方式，都是有意味的形式——审美的形式。而金庸在生活中扮演的就是谦谦君子的角色。谁又能怀疑文如其人的古训呢？现实是：古龙早已天妒其才，英年早逝；金庸则幸福地生活在主流社会中。这让我想起了多年前我颂咏阮籍的一句诗："才华与命运都是伤人的。"

我想我已经读通了古龙和他的李寻欢。其实，《多情剑客无情剑》中写得最成功的人物并不是李寻欢，而是林仙儿。古龙写得好的女性人物很少，大概就是林仙儿、风四娘、燕七和白飞飞（而金庸书中写得最好的人物多为女性）。在对女人自身所拥有的稀缺资源的认识、使用和配置上，能和林仙儿一比高低的女人，在金庸书中，只有《天龙八部》里的马夫人。

江湖情色

啊，凭着这易损的肉体

我竟走过了一段

如此多梦又多劫的路程

——西川

1984 年我还年轻，虽然也已偷看过小册子《性的知识》，在同学中装作已是风月高手的样子，但实际上最多只是一知半解。对伤感的、柏拉图式的爱情比较容易理解，但对性心理确属无知。那时没有“情色小说”“情色电影”的称谓，要不就是色情，要不就是爱情，没有中间路线——“情色”。所以，当我在 1984 年冬天的燕园读到《天龙八部》第三集第二十四回《烛畔鬓云有旧盟》时，那丐帮马大元马副帮主的遗孀马夫人给我上了一节生动的情色课。

“你身上有些东西，比天上的月亮更圆更白。”

“你身上的月饼，自然是甜过了蜜糖。”

这两句话后来成了我们的语录之一。这风月的隐喻，调情的暗语，课堂上是学不到的。这是白世镜与马夫人的对白，想一想白世镜日常何等的正襟危坐，我得出了人生的一个结论：正人君子最容易诱于美色，也最乐于各类暗地里的变态花样，反倒浪子更能坐怀不乱。林仙儿初见李寻欢，以玉体横陈为诱，而李寻欢却能表现得无动于衷，正是一个有力的证明。到 1989 年读《多情剑客无情剑》时，兄弟已是周作人所谓“受过戒的人”，于林仙儿的种种手段已是耳熟能详。

马夫人第一次出场是在第二集第十五回《杏子林中，商略平生义》，其时我已感到这是个非同一般的女人，但确没料到金庸的伏笔心机如此之深。马夫人的戏，集中在第二十四回，主要是通过萧峰的视角来叙述的，萧峰趴在屋外，看到的第一眼情境令他和我们大家都大吃一惊：

那妇人身穿缟素衣裳，脸上薄施脂粉，眉

梢眼角，皆是春意，一双水汪汪的眼睛便如要滴出水来，似笑非笑，似嗔非嗔地斜睨着段正淳，正是马大元的遗孀马夫人。

与段正淳有私情，那倒没什么；对付段郎的手段，就叫当时的我开眼了。

桌上一个大花瓶中插满了红梅。炕中想是炭火烧得正旺，马夫人颈中扣子松开了，露出雪白的项颈，还露出了一条红缎子的抹胸边缘。炕边点着的两枝蜡烛却是白色的，红红的烛火照在她红扑扑的脸颊上。

这是调情的起兴。紧接着：

马夫人道："……我只是记挂你……我身在信阳，这一颗心，又有哪一时，哪一刻不在你的身边？"她越说越低，萧峰只觉她的说话腻中带涩，软洋洋的，说不出的缠绵婉转，听在耳中当真是荡气回肠，令人神为之夺，魂为之销。然而她的说话又似出于自然，并非有意的狐媚。他平生见过的人着实不少，真想不到世上竟会有如此艳媚入骨的女子。萧峰虽感诧异，脸却也不由自主的红了。

狐媚偏能惑主，骆宾王所言不虚。金庸书中少有此类尤物，能与之匹敌的，只有《鹿鼎记》中洪教主的夫人。接下来的调情颇为情色：

马夫人轻轻叹了口气，低声道："嗯，你不过是又来哄我空欢喜一场。"段正淳笑道："怎么是空欢喜？我立时便要叫你真正的欢喜。"

然而这一回叙事的主动权在马夫人手里。她知道得不到她的段郎，便早早下了毒，又绑了段郎，然后一口一口咬段郎的肉，重新体验一次小时用剪刀剪那得不到的花衣裳的快感。绑和咬的真谛，后来看多了西片才明白。恐怖的是，马夫人做这些事时，却是"口中呜呜呜地腻声轻哼，说不尽的轻怜蜜爱"。这等情景，没有亲历是很难体会的。

之后白世镜出场，我们又知道了马夫人喜欢被叫"贱人"，喜欢被打巴掌，像《鹿鼎记》中的建宁公主。之后在她和萧峰的对答中，我们除了知道大骂脏话也能给她快感外，还知道了更令人不可思议的事情。她只因萧峰在他们第一次见面的洛阳百花会中没看她一眼而心生怨恨：

> “洛阳百花会中，男子汉以你居首，女子自然以我为第一。你竟不向我好好的瞧上几眼，我再自负美貌，又有什么用？那一千多人便再为我神魂颠倒，我心里又怎能舒服？”

别忘了此时马夫人已被阿紫整成废人，她竟还以说出“带头大哥”的名字为诱饵，要萧峰抱她吻她。

这就是马夫人，金庸书中绝无仅有的人物。古龙书中虽多情色描写，但也只有林仙儿可以匹敌。马夫人，她的段郎叫她“小康”，“老色鬼”白世镜叫她“贱人”，萧峰叫她嫂夫人，而她是有名有姓的，她叫康敏。

1984 年金庸的马夫人给我留下深刻的印象，1989 年当我读完《多情剑客无情剑》后，我想马夫人终于找到了对手：林仙儿。说起来金庸书中的情色女子真是绝无仅有（可能只有马夫人和洪夫人），绝大多数是柏拉图式的爱情中毒者，比如阿朱、阿紫、小昭、赵敏、程灵素、郭襄、仪琳……比比皆是。古龙书中的情色女子是很多的，不过写得好的，能与马夫人匹敌的，大概惟有林仙儿一人。

有一句俗不可耐的格言说：男人征服世界，女人通过征服男人来征服世界。林仙儿是这句格言的信奉者和实施者。百晓生兵器谱上前十名的人物，林仙儿试过大半，除了如意棒太老、小李飞刀没搞定外。以美色和另类功夫搞定男人尤其是有名的男人，这件事本身让林仙儿兴奋。而对付不同的男人，林仙儿的手法也是不同的。

依书中的出场次序，林仙儿勾引的第一个男人是李寻欢。她用的是脱衣秀加言语挑逗的方法。在那小酒店中，当她戴着面具慢慢脱光在李寻欢面前时，她说：

> “你何必一定要看我的脸，这样子，岂非反而能增加几分幻想，几分情趣。”

接下来，她除下面具：

> 这赤裸着的绝代美人只是微笑着，没有说话。因为她知道自己已用不着说话。她的眼睛会说话，她的媚笑会说话，她的手，她的胸膛，她的腿……她身上每分每寸都会说话。她知道这已经足够了，若有男人还不明白她的意思，

那人一定是白痴。她在等待，也在邀请。（此句绝妙）

可惜这次她碰上的是李寻欢，没有得逞。因此第二次见李寻欢时，她改用另一招，说从小暗恋小李，正好又住在小李的旧居："当我知道这就是你以前住的地方，我兴奋得简直没法子睡觉……这屋里的所有东西……我都没动过……那床上，枕头上，还留着你的气息……"看官，这一招的威力，实不逊那脱衣秀，无奈小李还是不吃招。从此能让她兴奋的就变为陷害小李了。

林仙儿对付兵器谱上排第七的青魔手伊哭，用的是受虐的把戏（马夫人对段郎用的是虐待）。古龙写道：

> 伊哭将她的头发抓在手上，越抓越紧，仿佛要将她头发全部拔下来，林仙儿虽已疼出了眼泪，但水汪汪的眼睛里却露出了一种兴奋的渴求之色，眯着眼瞧着伊哭，呻吟着喘息道："你为什么只敢抓我的头发？难道我身上有刺？"这样的眼神，这样的话，有哪个男人能受得了？伊哭突然反手一掌掴在她脸上，接着，就紧紧抓住她的肩头，用力拧她的身子。林仙儿身子

突然颤抖起来，却不是痛苦的颤抖，而是兴奋的颤抖，她的脸又变得滚烫。伊哭一拳打在她的小肚上，嘎声道：“贱货，原来你喜欢挨打。”林仙儿被打得全身都缩成一团，呻吟着：“你打，你再打，你打死我吧……”她的声音里竟也没有痛苦之意，却充满了渴望。

到此伊哭没有理由不被搞定。之后林仙儿又让伊哭去和阿飞火拼。因为，“比征服一个男人更愉快的事，就是在同一个晚上征服两个男人，再让他们去互相残杀”。

林仙儿对上官金虹、荆无命、郭嵩阳、吕凤先都有各自的一套。然而她最高妙的手段，是对阿飞的。她每次都要挑起阿飞的情欲，然后又不给他，用的借口是：“我要等结婚时才给你。”实际上是：“每个人都可以，就是阿飞不可以。”最厉害的是，有时她会用“手”（只用手）帮阿飞“解决”。这是只有古龙能写得出来的文字。金庸是不会也不敢这样写的。最终古龙安排林仙儿做了妓女，这是一个有想象力的命运安排，就好像命运要让她一辈子都以极端的方式用身体和男人打交道。

古龙书中的情色文字颇多，其中最经典的当推《护花铃》中郭玉霞与石沉偷情那一段：

> 罗帐再次坠下，但却有一只莹白如玉的修长玉腿，似乎耐不住帐内的春暖，缓缓落到床边……小腿曲起，一只纤掌，轻轻伸出罗帐，抚摸那纤柔娇美的玉足，直到帐中嘤咛一声，小腿突然伸得笔直，纤秀的足尖也笔直地伸挺着，还带着一丝轻微颤抖，就像春风中的柳枝。

这一段真是江湖情色之绝学，不难从中看出郭玉霞充分享受了性的欢乐，相比之下，我要说，林仙儿其实是很不幸的，因为性事于她已不是目的，也不是享乐，而只是征服男人的手段。我很难猜测在她不计其数的性事中，是否有一次无功利的（康德意义上的）、审美的高潮。因此，林仙儿是个不幸的人。她很聪明，但缺少智慧，终于暴殄天物（天物就是她本人）。有一条修行的路是通过放荡而阅人历事，终成正果，如未央生。但林仙儿没有这样的大智大勇。林仙儿的一生阅人无数，有点以身度人的感觉，结果度人不成，自度更难。说到女性以身度人，必要达到“菩提本无树，明镜亦非台”的境界，才能真正做到“何处惹尘埃”，说来可能只有群佛中的欢喜菩萨有这样的修行和正果。写到这里，我猛然想起王朔在《玩的就是心跳》中塑造的一个女性形象，那是我很难忘怀的人物，也是王朔写得最好的人物。她的名字在书中曾经叫刘炎，其实她叫什么并不重要。她并未真正出场，只出现在别人的叙述中，是主角方言所要寻找的重要证人。当方言找到她的前同居者李奎东时，李开始了一段了不起的描述：

> “她是那种饱经风霜的人，对一切变故都采取泰然自若的态度。一切都不需要明说，一个眼色一个面部的微小变化都会使她立刻明白自己的处境和对方的意图。她从不执拗他人，也不使他人为难，很温顺很平和，和她相处我很松弛。请别因此得出错误的印象认为她是凄恻寡言的活动木偶。她很爱说爱笑也很风趣，在人多的场合从不怯场总能落落大方应付自如。她没有小家子自怜自爱的忸怩作态，同天真未琢的少女不同的是，她欢快并不恣肆，雍容并不轻浮。任何调笑挑逗一旦变得狎邪变得不尊重，她就立刻感觉出来。我不是说她立刻就形于色，她感觉得出来但含而不露。所以我说她饱经风霜，有一种超然物外的镇定与从容，皮囊已锈，但污无妨。当她垂下眼皮时你哪怕

将她拥入怀中甚至侵入身体你也会感到她神飘天外与你距离遥远……就在我和她最熟悉的阶段我也觉得她是个陌生人，一个隐姓埋名的女子。你知道吗，她给我的不可捉摸的感觉太强烈了……有一天她出门后就没再回来。我等了很长时间，有段时间，每当门响我就以为是她回来，可每次都不是她……她样样出色，舞跳得好冰也滑得好。如果滑冰有业余段，她绝对是高段。每次一下冰场绝对醒目高出他人一筹，提刀旋转玩儿似的，像是长期生活在冰天雪地的女人。”

当我第一次读到这一段时，我有触电的感觉。我突然觉得那种“皮囊已锈，但污无妨”的生活态度正是光阴和光明的大道。当时我有一种醍醐灌顶、豁然开朗的顿悟感。即便你侵入她的身体也无损于她的自我，这是大智大勇。读这本书是 1988 年，多年过去了，我依然时常想起这个女人，她正是那种既能度人又能自度的女人。

献给小昭的诗

善良的姑娘，好心的姑娘
愿你永远一路平安
古诗说天涯若比邻
又说相见时难别亦难
就请你仔细打点行囊
记得带上茶叶、唐诗和盘缠
——旧作《赠别的歌谣》

在我的毕业留言册上，有清平送我的一首绝句：“太白枝头看，花开不计年。杯中浮日月，楼外是青天。”我很喜欢。同时他还写了他的志趣：武侠，睡觉。这是1988年的事。我和清平在1984年冬就已一见如故，按郁文的说法是：缘诗，缘酒，缘武侠。在《上坡路与下坡路是同一条路》中，我提及过清平曾经三天三夜躺在被窝里读金庸的事迹。清平最喜爱的人物是小昭，他一直跟我说要给小昭写一首诗。我很耐心地等着，终于在1990年冬天等到了，诗刊发在当时我们自办的同人诗刊《发现》第一期上，全诗如下：

小昭（金庸人物之一）

海水的颜色已不如当年了
中国的草木在为另一些人流泪
小昭，小昭
你处女的眸子里还有淡淡的蓝色么
你腮边的泪痕还灿若桃花么

你的公子娶了另一位胡女
痴心的阿离走在了佛的前头
周姑娘依旧浪迹江湖
小昭，小昭
你在那张锦椅上坐了这么久
离你的公子更远了么

光明顶的圣火早已熄了
大都城里换了个中国皇帝

不是你的公子，他与伙伴们已失散多年
那两把宝刀宝剑也成了两堆废铁
小昭，小昭
那首小曲，急急流年，滔滔逝水
唱起来还是从前的调子么

这里，对小昭的感情已不仅仅是喜爱；这里有心痛的感觉，有无可挽回的深深叹息，有不堪回首的悲凉思绪；这里是长歌当哭，远望当归。这是黯然销魂的别赋——为小昭的生离别。

在金庸的所有作品中，我特别偏爱《倚天屠龙记》，小昭、赵敏、黛绮丝、谢逊，都是我喜欢的人物。四女同舟何所望？张无忌还来不及多想，小昭姑娘一生的幸福已被断送，他们之间已是东西相隔永参商。金庸在书中给小昭的笔墨并不多，但每一次书写都为小昭的命运做着令人心悸的铺垫。终于结局来了，小昭姑娘变成了圣处女。那可能是人间最悲惨的命运安排，其凄婉哀绝，惟七心海棠程灵素可堪比拟：一个是生离，一个是死别，而生离痛于死别。当小昭走时，金庸的笔触令人不忍卒读：

但见小昭悄立船头，怔怔向张无忌的座船

望着。两人之间的海面越拉越广，终于小昭的座舰成为一个黑点。终于海上一片漆黑，长风掠帆，犹带呜咽之声。

风犹如此，人何以堪，这最后一句令人绝望。而时过境迁，中国的草木已是在为另一些人流泪了……深情如清平者，寥若晨星。

清平原打算写一系列金庸人物，后来不知何故未见他篇。1992 年我收到他给我的一首诗《秋天的酒：寄蔡》：

离别了家乡告别了姑娘
一支歌唱到今天已不能再唱
兄弟啊，你可知秋天已经到来
天蓝得像酒，我们往日痛饮的酒
窖藏到今天还剩最后一缸
这缸酒流淌我们也流淌
这缸酒芬芳我们也芬芳
这缸酒是神农一生的心血呀，这缸酒
是献给戒酒的酒徒的，这些一言难尽的好人
就是我们呀，这些在秋天走散的兄弟
是这个世界上活得最好的人

清平最惊艳的诗句是《我们》中的两行：

往日的春光里，一个唐朝的女子剪去善舞的长袖

她说：青丝，青丝啊。

我以为这也是献给小昭的诗。

远方一无所有

你所说的曙光究竟是什么意思

——海子

“他吹的是雪，不是血。他剑上的血。”这是西门吹雪，一个最冷的剑客。

“黄昏时，他总是喜欢坐在窗前的夕阳下，轻抚着情人嘴唇般柔软的花瓣，领略着情人呼吸般美妙的花香。小楼上和平而宁静，他独自坐在窗前，心里充满了感激，感激上天赐给他如此美妙的生命，让他能享受如此美妙的人生。”这是花满楼，一个双眼看不见东西的瞎子。

这两个人物身上，寄托着古龙相反相成的两种情怀：一种孤洁，骄傲，冷血，遗世独立，将生命的全部附丽于一种道（在西门吹雪身上是杀人的剑道），最终那道比生命更重要。另一种则对生命本身充满热爱，享受并珍视生活中的美，在最困难的时候，也要用微笑来面对。

西门吹雪的剑是杀人的剑，“我的剑不是用来看的”，他的剑法是杀人的剑法：

> “当你一剑刺入他们的咽喉，眼看着血花在你剑下绽开，你若能看得见那一瞬间的灿烂辉煌，就会知道那种美是绝没有任何事能比得上的。”

这就是西门吹雪的美学。当花满楼听完西门吹雪这段话后，他对陆小凤说：

> “现在我才明白，他是怎么会练成那种剑法的了。因为他竟真的将杀人当作一件神圣而美丽的事，他已将自己的生命都奉献给这件事，只有杀人时，他才是真正活着，别的时候，他不过是在等而已。”

那些才情孤高而时运不济的人，愤世嫉俗的人，喜欢快意恩仇的人，多多少少都有这种心态，都会把某一门技艺练到高处不胜寒的境地。你猜我想起了谁？我想起了鲁迅和他的“一个都不宽恕”。

那么花满楼呢？他的美学是：

> “你有没有听见过雪花飘落在屋顶的声音？你能不能感觉到花蕾在春风里慢慢开放时那种美妙的生命力？你知不知道秋风中常常都带着从远山上传来的木叶清香？”

在平凡的日常生活中发现并享受美，强调境由心造，从一朵花一粒沙中看到整个世界，并且，像海明威说的那样，在重压下保持优雅风度。这是另一种境界，带着禅的意味。林语堂曾经将它总结为生活的艺术。不过，十八岁的张爱玲却已参透了其中的秘密：

> 生活的艺术，有一部分我不是不能领略（请注意句式：不是不能）。我懂得怎么欣赏七月巧云，听苏格兰兵吹 bagpipe，享受微风中的藤椅，吃盐水花生，欣赏雨夜的霓虹灯，从双层公共汽车上伸手摘树巅的绿叶。

然而，就在如此的情境下，她紧跟着写道：“生命是一袭华美的袍，爬满了虱子。”——这个女人的天分该有多高，注定她一生痛苦。古龙的高明在于，他给这两人都安排了性格的转机。西门吹雪遭遇孙秀青后，生命中突然有了温情，他的剑不再逢人必杀。“西门吹雪也不禁笑了。他很少笑，可是他笑的时候，就像春风吹过大地。”西门吹雪有了情，然而这一来，他的剑法中也有了弱点，因为他突然有了牵挂，于是他的剑不如叶孤城快了。而花满楼在眼看着石秀雪死在他怀里，眼看着上官飞燕黯然离去后，“忽然觉得人生并不是永远都像他想象的那么美好，生命中本就有许多无可奈何的悲哀和痛苦”。回想他和石秀雪相见的那一场景，令人久久难忘：

石秀雪垂着头，忽然问：“我们以后再见面时，你还认不认得我？”

花满楼道：“我当然能听得出你的声音。”

石秀雪道：“可是……假如我那时变成哑巴呢？”

花满楼也怔住了……

他正不知道该怎么回答，忽然发觉她已走到他面前，拉起他的手，柔声道：“你摸摸我的脸，以后我就算不能说话了，你只要摸摸我的脸，也会认出我来的，是不是？”

花满楼无言地点点头，只觉自己的指尖，已触及了她光滑如丝缎的面颊。他的心里突然涌起一种无法描述的感情。

这是我读过的最美丽的爱情书写之一，其中有一种让人感到不安的不祥预兆，这不安中又蕴藏着惊人的美。

有时我会想象西门吹雪和花满楼这两个人的样子，他们的日常姿态。一定是看上去很美。不过，这时我就会想，幸好，我不必像他们那样生活。

江山如此多娇

夜里我头枕卷册和神州

——海子

在徐克版的《东方不败》中，诗诗问东方不败（林青霞）一个问题，大意是您已经富有一切，为什么还要如此苦苦相争？林青霞（东方不败）以一种英雄寂寞的表情回答道：“江山如此多娇，引无数英雄竞折腰。”以毛润之的名句作答，如此一语惊醒我梦中人，堪称绝答。这个改编的编剧不得了，是高手中的高手。当我看到这个对白时，我首先想起的是叶孤城。

在古龙的作品中，皇帝的形象是绝无仅有的。如果我没记错，可能只在《陆小凤传奇》中出现过一次。其时，叶孤城协助南王世子搞政变，情节设计有点像法兰西帝国的铁面人的故事。以下是白云城主和年轻皇帝相见的情景：

这里是皇宫，皇帝就在他面前。

可是这个人好像连皇帝都没有被他看在眼里。

皇帝居然也还是神色不变，淡淡道：“叶孤城？”

白衣人道：“山野草民，想不到竟能上动天听。”

皇帝道：“卿本佳人，奈何从贼？”

叶孤城道：“成就是王，败就是贼。”

皇帝道：“贼就是贼。”

叶孤城道：“如今王已非王，贼已非贼，王贼之间，强者为胜……我本不杀手无寸铁之人，今日却要破例一次。”

皇帝问：“为什么？”

叶孤城道：“因为你手中虽无剑，心中却有剑。”

皇帝默然。

叶孤城道：“我也说过，手中的剑能伤人，心中的剑却必伤自己。”

他手中的剑已挥起。

说时迟，那时快，陆小凤从窗外飞进来，阻止了叶孤城这一剑，救了皇帝，而叶孤城也就变成“贼”了。之后大内保安头子魏子云与叶孤城也有一番对答：

> 魏子云道：“城主在天外，剑如飞仙，人也如飞仙，何苦贬于红尘，作此不智事？”
>
> 叶孤城道：“你不懂？”
>
> 魏子云道：“不懂。”
>
> 叶孤城冷冷道：“这种事，你本就不会懂。”

这里的关键词是“成就是王，败就是贼”和“这种事，你本就不会懂”。前一句是价值观，源自陈胜、吴广的“王侯将相，宁有种乎”，是草莽英雄用来对付“朕受命于天”这种君权天授论的理论武器。（说来有趣，汉语中有许多完全相反相悖的口号和道理，上学时听黄子平老师讲过“朋友值千金”和“千金如粪土”的绝妙演绎，所以对这一特点有深刻印象。）陈胜、吴广之后，刘邦、项羽也讲过类似的豪言：“大丈夫当如是也”“彼可取而代也”。另一句俗话说人往高处走，水往低处流，叶孤城在武林中已是高处不胜寒，他要再往上走只能打江山的主意了，这种心境像魏子云这样做稳了奴隶的人确是“你本就不会懂”。魏子云是没资格跟白云城主说“不智”之类的话的。圣人说勇者不惧，智者不惑，叶孤城具备了这些品质，他当然是英雄，他知道自己在做什么。但是，单是英雄是当不了帝王的，能当中国的帝王的人一定得是英雄加流氓，就像刘邦能当皇帝但项羽不行；朱元璋能当皇帝但张无忌不行（《倚天屠龙记》结尾处朱元璋所设之计何等阴险歹毒，读来真是让人惊惧）。叶孤城不是流氓，本质上他和无花是一类人，所以，就像无花最终选择自裁一样，白云城主选择死在西门吹雪的剑下，因为他一定要选择尊严。这也是魏子云这样的人“本就不会懂”的。

金庸的书中出现过好几个皇帝以及很多想当皇帝的人。和古龙不一样，金庸是有政治热情和政治抱负的人。从《书剑恩仇录》开始，金庸就显示了很强的政治情结和政治洞察力，陈家洛被乾隆玩弄于股掌之上，竟会做出送香香公主给乾隆这样的政治交换，结果除了白白断送香香公主的性命外，得到的只是侮辱和血泪。到后期的《笑傲江湖》《天龙八部》和《鹿鼎记》，金庸乱世于心，写了任我行、东方不败、左冷禅、岳不群、慕容父子、丁春秋、洪教主等一系列企图千秋万代一统江湖一统江山的人物，其手段种种，读之令人不寒而栗。而慕容复最后成了疯子，足见金庸之良苦用心，我以为那是晨钟暮鼓。

就像一本书有一本书的命运一样，一个人有一个人的命运。叶孤城走了那一步，那并无可厚非，因为那种事就像他说的：成就是王，败就是贼。他对世事是看得很深很透的，他的“不智”在于他没有看清自己，没有看清他本质上不是那种人，这是他的悲剧所在。而江山如画，一代又一代的精英总在演绎着同一个故事，重复着同一种命运，正所谓“秦人不暇自哀，而后人哀之，后人哀之而不鉴之，亦使后人而复哀后人也”。不过，当然了，这就是中国生活，这就是中国故事。

世事如棋

上帝操纵棋手，棋手摆布棋子

上帝背后，又有哪位神祇设下

尘埃，时光，梦境和苦痛的羁绊

——博尔赫斯《棋》

琴棋书画，这本是中国文人的美好装饰，然而在尚武的江湖，人们也喜欢附庸风雅。名震天下的《笑傲江湖》，原来只是一纸琴谱，可笑那洛阳王家，以为内藏武功秘籍，不免贻笑大方。早先汉人精英的最高理想是内圣外王，个人修养是一生的重中之重。养吾浩然之气，明心见性，格物致知，这是最重要的，如能文武双修，进而文武双全，那更是最好不过了。出将入相，是多少精英梦寐以求的荣耀。江湖上一直流传着王阳明王大师修有精湛的内功，某夜在中军帐里发声长啸，敌军闻声丧胆，估计谢逊在王盘山岛那一啸也要稍逊一筹。在琴棋书画中，惟有棋（围棋）是智力竞技，最终一定要分出胜负（除了三劫循环外），因此在文本中棋逐渐成为争霸的象征物，而江湖上的棋局也就成为寓意深远的传奇了。金庸书中多次写到棋局，古龙则没有多少具体的描写，那大概是因为金庸棋力不错，并且深谙棋局中的江湖烽火吧。

在《倚天屠龙记》中，何足道是一个未及展开的人物，也是一个合乎标准的理想人物，因琴剑棋三绝而圣，江湖人称昆仑三圣，是一个文武双全的性情中人。他的一生，因两个棋局而改变。第一个棋局是他画地自弈，因寂寞而自己和自己左右手互搏。其时情景如下：

> 白子不肯罢休，当下与黑子在左上角展开剧斗，一时之间妙着纷纭，逐步争到了中原腹地。郭襄看得出神，渐渐走近，但见白子布局时棋输一着，始终落在下风，到了第九十三着上遇到了个连环劫，白势已岌岌可危，但他仍勉力相争……郭襄棋力虽然平平，却也看出白棋若不弃子他投，难免在中腹全军覆没，忍不住脱口而出："何不径弃中原，反取西域？"
>
> 那人一凛，见棋盘西边尚自留着一大片空

地，要是乘着打劫之时连下两子，占据要津，
即使弃了中腹，仍可设法争个不胜不败的局面。

这是何足道和郭二小姐的第一次亲密接触，其时郭二正因暗恋大哥哥杨过而愁肠千结，而何君对郭二则是一见之下，情愫暗生。然而天意如刀，郭二一句“何不径弃中原，反取西域”竟然一语成谶，何君的后半生只得偏安昆仑山一隅。不过当时何君尚未参透玄机，几天后他和郭二来到少林寺前，他随手以一块尖角石块划青石为棋局，正当少林众高僧叹服于他这手惊天绝技正要认输时，觉远禅师用双脚抹去了何君划下的棋局。这个时侯何君终于明白了命运的安排：中原虽大，却已没有他的立锥之地了。少年张君宝那一套自学的罗汉拳更令何君心灰意冷，从此他绝迹中原，虽创昆仑一派，不免终生郁郁。而少年张君宝也暗恋上了郭二小姐，那同样是一段不了情。何君和张君对郭二的感情，是那种引而不发的爱情，一切都还来不及细说，就已成匆匆往事。它有着“此情可待成追忆，只是当时已惘然”的伤感，又有着“何当共剪西窗烛，却话巴山夜雨时”的惆怅。后来张君宝成了张三丰，创办武当派，终生未娶；郭二小姐削发为尼，创办峨眉派，终生未嫁。只因这一段夙缘，又演绎出四十回的《倚天屠龙记》，真是世事如棋啊。

何足道这两局，金庸讲的是一个“弃”字。名缰利绳，当弃则弃，儿女情长，当断则断。道理是不错，但此类事从来是当局者迷，尤其男女情事，明知情深不寿，而像李莫愁这样的人还是要发出“情是何物”的天问。作为东方智慧的象征，围棋确是一项意味深长的游戏，西方的游戏中可能只有桥牌可比。这个观点我想我的师兄邱小刚和同学范山会同意，因为他们是兼通围棋和桥牌的高手。不过，一个阿根廷的智者通过观察国际象棋得出了令人震惊的诗句：

> 棋子们并不知道其实是棋手
> 伸舒手臂主宰着自己的命运
> 棋子们并不知道严苛的规则
> 在约束着自己的意志和退进
>
> 黑夜与白天组成另一张棋盘
> 牢牢将棋手囚禁在了中间
>
> 上帝操纵棋手，棋手摆布棋子
> 上帝背后，又有哪位神祇设下
> 尘埃，时光，梦境和苦痛的羁绊
>
> ——博尔赫斯《棋》

我没读过比这更透彻的关于世事如棋的文字。然而，金庸通过无崖子的珍珑局却也喻示着“置之死地而后生”的道理，其实，我以为那已不是道理，而是直面生活的勇气了。

人心惟危

我播下的是龙种

收获的却是跳蚤

——海涅

王枫博士在读本科的某一段时间，老爱唠叨八个字：人心惟危，道心惟微。后来的某一天，我忽然想到，这八个字正好用来说《笑傲江湖》。这是一本充满妖气的书，我知道它写得很好，但是它让我越看越怕。我不知道有没有人和我有同感。我的这种感觉很强烈。特别是，重读的次数越多，这种感觉就越强烈。

有一段话不知大家是否注意过，那是东方不败和任我行、令狐冲、向问天、任盈盈决战前的一番话，他说：

"我初当教主，那可意气风发了。说什么

文成武德，中兴圣教，当真是不要脸的胡吹法螺。直到后来修习《葵花宝典》，才慢慢悟到了人生妙谛。其后勤修内功，数年之后，终于明白了天人化生，万物滋长的要道。”

我反复揣摩过这段话，颇为惊心。也许从中可以猜想到从秦始皇开始历史上多少雄才大略励精图治的帝王晚年的内心生活。在常人看来，他们在晚年会不可理喻地不爱搭理政务，而迷恋于种种怪异的东西，宠幸身边的一两个小人物，而从他们嘴里偶尔会说出一两句微言大义的话来。在他们看来，那是没有人可以理解的。“终于明白了天人化生，万物滋长的要道”，那是何等深远高蹈的境界。东方不败的这番话，虽是对着那几个人讲的，却有着浓重的自言自语的味道，是对他自己人生的总结。在他看来，任我行虽然是大人物，但一定不懂他所妙悟的真谛，因为他们已经不是一个层次的人了。在任我行等看来最重要的教中事务，在东方不败看来只是自欺欺人的把戏而已。最重要的事是参透天人化生、万物滋长的要道，获得充沛丰盈的内心生活。同时，由于一人独行，他的内心又注定寂寞而凄凉。

令狐冲是一个内心充满矛盾的见证者。刚刚听完东方不败这段内心独白，马上又目睹了令他感到惊怖的一幕，那是他们合力杀了东方不败后：

任我行伸手到东方不败衣衫袋中，摸出一本薄薄的旧册页，随手一翻，其中密密密麻麻地写满了字。他握在手中扬了扬，说道："这本册子，便是《葵花宝典》，上面注明，欲练神功，引刀自宫，老夫可不会没了脑子，去干这等傻事，哈哈，哈哈……"随即沉吟道："可是宝典上所载的武功实在厉害，任何学武之人，一见之下决不能不动心。那时候幸好我已学得吸星大法，否则跟着去练这宝典上的害人功夫，却也难说。"他在东方不败尸身上又踢了一脚，笑道："饶你奸诈似鬼，也猜不到老夫传你《葵花宝典》的用意。你野心勃勃，意存跋扈，难道老夫瞧不出来吗？哈哈，哈哈。"

令狐冲心中一寒："原来任教主以《葵花宝典》传他，当初就没怀善意。两人尔虞我诈，各怀心机。"见任我行右目中不绝流出鲜血，张嘴狂笑，显得十分的面目狰狞，心中更感到一阵惊怖。

任我行对付东方不败的心机如此之深，不由令狐冲不感到惊怖。这不仅仅是小说，也不仅仅是历史，而是活生生的现实。想一想，刚刚过去的二十世纪，这样的事还少吗？在书中，更令令狐冲惊怖的，应该是他的师父岳不群。他对付左冷禅、林平之、令狐冲乃至他的女儿和老婆的手段心机，更让人不寒而栗。可怜的令狐冲，幸好他没可能读到《连城诀》，否则铁锁横江戚长发“落泥招大姐，马命风小小”的“躺尸剑法”会让他手脚冰冷。

周润发在李安的《卧虎藏龙》中很认真地和杨紫琼讨论人生哲理，他感慨道：“人心中的江湖也是藏龙卧虎。”且看汉语中“人心”的后缀都是些什么：人心叵测，人心不足蛇吞象……不过最精确的还是王枫博士曾经唠叨的“人心惟危”，幸好后面还有一句“道心惟微”。

蠢男子之歌

迎风流一千次热泪吧
仿佛把蜡烛点燃掖进衣袖里
下一千盘棋，赌一千回咒吧
在一千张纸上写下一千个“我爱你”

——麦芒《蠢男子之歌》

一个男人到底可以爱一个女人到什么地步，这是我一直感兴趣的问题。金庸的胡逸之和古龙的阿飞为我讨论这个问题提供了经典的案例。为了更好地进行讨论，我想先从《三联生活周刊》的一个封面故事和麦芒的一组诗说起。

1997 年 2 月 14 日出版的《三联生活周刊》做了一个名为“别人的爱情是那么美丽”的封面故事，讲了一组爱情故事，其中有两个故事的男主人公是蠢男子，最后一个故事的男主人公是个聪明人。在两个蠢男子中，最令我难忘的是一个用献血后得到的几十元补贴买玩具熊送给一个他单恋已久的一个英语系漂亮女生的穷小子。当然啦，漂亮女生有不少于一个的玩具熊和倾慕者。在讲这个故事时，穷小子已经做到了每月挣5000元，并且有一个对5000元很满足的女友。“我可以买许多个玩具熊了，但我却觉得自己很可怜。当年那个用‘卖血钱’买玩具熊的傻小子不复存在，我对他充满思念之情。”在故事的结尾，穷小子这样说自己。

《蠢男子之歌》是我的朋友诗人麦芒1990年写的一组诗，其中的《第三献辞：给亲爱的朋友》这样写道：

我把你们首先当作一个整体，亲爱的朋友
在难忘的夜晚你们就是天幕
悬挂着星星的睡眠和基督的面容
虽生犹死和虽死犹生，这两个相反的成语
多么一致地概括出我们在人世
二十几年备感荣幸的客观处境

然后你们是个人，是一个个出生日
和出生地，操着各自的口音

向那些奇怪的女人求爱
在大学里烟雾缭绕的下流聚会上
有的狂饮，有的痛哭失声
有的沉静地观察，不失时机地微笑
这分别构成伟大诗歌的纯洁内涵
因此我想念你们，借以
饶恕曾经对我们不忠的时代和女人
饶恕那穷困的生活和野蛮的风景
以及自己的种种过错，千里之外
或是咫尺之内，我都能触摸到你们
熟悉的脸，比想象的还要英俊动人
现在，请你们也想念我，一个蠢男子
肝比心更大，除了赞美，什么也不愿听

这是 1990 年，麦芒将他和他亲爱的朋友们（应该包括我）总结为“蠢男子”。差不多同时，我的另一位朋友臧棣在一首诗中写道：

爱情是一种疾病

在讨论胡逸之和阿飞之前，我还得说说我自己。我得说我曾经也是一个蠢男子。大概也是在 1990 年，我写过一首名为《献身能感动一个人吗》的诗，写给睡在我上铺的兄弟，他为爱一个女生几乎献出了一切，而最后……不，我就不说结果了，还是请大家猜一猜：献身能感动一个人吗？在另一首诗中，我写道：

曾有一个女人我为之心碎
那时我年轻：爱得纯洁所以爱得疯狂
然后爱也会找一个好日子悄悄去死，像毁损的容颜

这三句诗写给我在1988年北京寒冬一段伤痛的日子，最后我靠一套《倚天屠龙记》和若干劣质红酒度过那年冬天。现在让我们一起重温《鹿鼎记》中的一个精彩片断，看一看胡逸之的爱情哲学。江湖上赫赫有名的“百胜美刀王”胡逸之曾经是风流倜傥的武林第一美男子，某日在四川成都无意中看了陈圆圆陈姑娘一眼，从此神魂颠倒，不能自拔。为了能看上陈姑娘一眼，他扮成乡农去三圣庙做了伙计，二十三年中他跟陈姑娘说了三十九句话，他的心思陈姑娘她是一点也不知。其时韦小宝则迷上了陈圆圆与李自成的私生女阿珂，苦于搞不到手。这一日，因缘际会，胡逸之和吴六奇、韦小宝相聚在广西柳江的一艘船上：

胡逸之说：“说来惭愧，兄弟二十余年退出江湖，隐居昆明城郊，只不过为了一个女子……我在三圣庙中种菜扫地，打柴挑水，她只道我是个乡下田夫……我别无他求，只盼早上晚间偷偷见到她一眼，便心满意足，怎会有丝毫唐突佳人的举动？”

韦小宝道：“那么你心中爱煞了她，这二十年来，她竟始终不知道？”

胡逸之苦笑摇头，说道：“我怕泄漏了身份，平日一天之中，难得说三句话，在她面前更是哑口无言。这二十三年之中，跟她也只说过三十九句话。她倒向我说过五十五句。”

说到这里，吴六奇听不下去了，刚想劝劝胡兄，不料胡逸之却道：“吴兄，人各有志。兄弟是个大傻瓜，你如瞧我不起，咱们就此别过。”韦小宝听得入港，大呼“且慢”：

小宝说：“胡大哥，你这番话，真是说得再明白也没有，我以前就没想到。不过我喜欢一个女子，却一定要她做老婆，我可没你这么耐心，阿珂当真要我种菜挑水，要我陪她一辈子，我自然也干。但那个郑公子倘若在她身边，老子却非给他来个白刀子进，红刀子出不可。”胡逸之道：“小兄弟，这话可不太对了。你喜欢一个女子，那是要让她心里高兴，为的是她，不是为你自己，倘若她想嫁给郑公子，你就该千方百计地助她完成心愿。倘若有人要害郑公子，你为了心上人，就该全力保护郑公子，纵然送了自己性命，那也无伤大雅。”韦小宝摇头道：“这个可有伤大雅之至。赔本生意，兄弟是不干的。”

故事的结局大家都知道，最后韦小宝还是把阿珂给搞定了，办法就是把阿珂给“办”了。而胡逸之则终生暗恋，十足一个蠢男子。要想没有伤痛，学习韦小宝是一种办法，另一种办法来自开篇时提到的《三联生活周刊》封面故事中的最后一个故事，那个三十来岁的男人这样写道：

对于我这个年龄的人来说，爱情已不是那么浪漫的一件事。我希望有那样的场景：我看书，我的妻子在旁边陪着我，她干什么都行，但最好是一个不看书不看报的人，织毛衣，看电视，我们还有一个安静的、不哭不闹的孩子。我想十年后，我应该能拥有那样的生活。

但我不会再追求什么爱情，我希望爱情是一个人的事，是我的事，从对方看来，也是她的事，但不一定是我们两人的事。我的意思是少一些情感上的纠缠。

几年前，我也许还能说清楚我心中的姑娘应是什么样子，但她渐渐模糊了，我不知道。那时候，我有一个女朋友，我们好了相当长的一段时间，3年多，但分手的理由极其简单：我的工作忙。

后来我遇到另一个姑娘，那是因为工作关系，我是她的客户，我有一次很冒昧地请她吃饭，然后发现我们很谈得来，我们约会，那非常轻松。爱情要在合适的时间出现，如果你正忙着干一件事，有人却要你和她恋爱，你也许不会答应。

我们都是很随便的人，我知道她已有一个男朋友，她也不隐瞒这一点。但这并没有约束我们什么，该发生的事情都发生了。但放纵和节制是那么和谐，这或许根本就不是一对反义词。我们都理智地认为她更应该与她的男朋友结婚。这件事情就是一段插曲，它考验了我能否节制自己的欲望：占有的欲望。

事实上，我在各方面都努力学会克制自己。几年前，我戒酒；现在我戒烟；也许这也是因为无聊。以前无聊时就会抽烟喝酒；现在则要学会面对。无聊时还会找姑娘，寻找爱情，我不知道能否把这个也戒掉，我想过一种古板的、寂静的生活。

“作为理想，我打算过一种下流的、丑恶的生活”，萨冈小说里的这句话曾经是我精神状态的写照。但是，对不起，我要引用萨特的另一句话：“生活给了我想要的东西，同时又让我认识到那没什么意义。”

我避免让某个人在我的生活中留下什么痕迹，就像接吻，你要让那姑娘先擦去她的口红。

在对待爱情上，蠢男子和聪明人各走各的路，哪条路更好，只有上帝才知道。人们也许都很同情恋爱中的蠢男子们所承受的折磨与苦痛，不过蠢男子们自己的理解有时却也令人深思。格雷厄姆·格林的《问题的核心》是一本沉重的书。书中的女主人公这样想：“我想我是爱他的。竭尽我的一切可能。但是这不是你想象中你所感受的那种爱。没有盛毒药的酒杯，没有永世沉沦和黑帆。人们谁也不为爱情去死……”备受情感煎熬和灵魂拷问的男主人公在这一瞬间感受到：“他觉得当时他是到达了幸福的顶点：黑暗中，只身一人，雨声嘈杂，既没有爱也没有怜悯。”在这里蠢男子感受到了绝望后的幸福。更高的境界则是努力让自己接近傻瓜吉姆佩尔的形象，因为《新约·哥林多前书》曾这样告诫我们：

> 爱是恒久忍耐，又有恩慈，爱是不嫉妒，爱是不自夸，不张狂，不做害羞的事，不求自己的益处，不轻易发怒，不计算人的恶，不喜欢不义，只喜欢真理。凡事包容，凡事相信，凡事盼望，凡事忍耐。爱是永不止息。

现在再来看阿飞对林仙儿的爱情。在常人看来，阿飞只是一个戴绿帽子的傻瓜，一个被林仙儿侮辱和损害的痴汉。但在阿飞看来，爱是他一个人的事，他愿意为林仙儿去死——那其实是他愿意为爱去死——只是这爱正好落到了林仙儿身上。古龙对林仙儿的感情结局的描写富有洞察力，但对阿飞则缺乏更有力量的处理。当林仙儿终于走投无路，想起去找阿飞时，且看古龙是怎么写的：

她忽然发觉自己还是有点爱他的。

……

也许她一直都在爱着他，只不过他爱得太深了，所以才令她觉得无所谓。

他爱她爱得若没有那么深，她说不定反而会更爱他。

……

林仙儿抬起头，已看到路旁的小屋。屋里居然有灯。

她忽然停下来，将贴身小衣的衣襟撕下一小块，就着雨水洗了洗脸，又用手指作梳子，梳了梳头发。

她不愿让阿飞看到她这种狼狈的样子。

这里古龙对林仙儿的感情心理的变化的描写是非常准确的。接下来她以自己的方式向阿飞倾诉，然而：

她声音忽然停顿，因为她忽然看到了阿飞脸上的表情。

阿飞的表情就像是想呕吐。

……

阿飞慢慢站了起来，一字字道："我只奇怪，我以前怎么会爱上你这种女人的。”

这时古龙对林仙儿的心理依然把握得非常准确：

> 林仙儿忽然觉得全身都凉了。
>
> 林仙儿只觉自己的心在往下沉，往下沉……
>
> 到这时她才发现她原来的确是一直爱着阿飞的。
>
> 她折磨他，也许就因为她爱他，也知道他爱她。
>
> ……

这已经非常像《飘》的结局，像白瑞德和郝思佳的感情结局。只是古龙棋差一着，没有将阿飞处理成白船长那种自我内心的彻底绝望和走到人生尽头的无欲无求，而是用言辞加以报复，那感觉终是差了太多。最佳的处理也许是：爱也许还在，只是已与你无关。也就是说，阿飞绝不应是用唾弃的态度对待那时的林仙儿。这是我对古龙失望的地方。

这一篇已写得太长了。但有一件事仍要提醒恋爱中的男人们：一切都是你自找的，不能怪女人们，相反，要想想你的一厢情愿给她们带来了多少烦恼。当然，我们知道你是一往情深的……最后请允许我用几句旧作来结束这篇太长的《蠢男子之歌》：

我的一生自暴雨中结束
这是一事无成的一生
它又从一个女人的哭泣中得到抚慰

如此啊，好兄弟

并肩走出酒馆
双手扶住门框
阳光那么悠长
如此啊，好兄弟

——旧作《如此啊，好兄弟》

有一段时间我非常沉迷于看碟，一天至少一片。我喜欢那些讲男人之间、特别是两个男人之间的故事的片子，比如《红潮风暴》《刺激1995》《七宗罪》。在漫长的重温古金的日常生活中，我常常想，在胡一刀和苗人凤，西门吹雪和叶孤城，李寻欢和郭嵩阳，阿飞和荆无命，傅红雪和叶开，楚留香和无花，沈浪和王怜花，乃至于我想象中的萧峰和萧十一郎之间，是一种什么样的情感和心路呢？

《雪山飞狐》是一本结构精致的小说，其叙事模式类似黑泽明的《罗生门》，即由不同的人讲述同一件事，结果各不相同。不过，也仅仅是类似而已。黑泽明要探讨的是人性中很深层的隐秘的东西，而金庸的叙事不过是当事人从个人利害出发的趋利避害的手段。虽然如此，《雪山飞狐》仍然是一部“逸品”级的奇书。而我所感兴趣的，是书中两个主要人物胡一刀和苗人凤之间的故事——两个男人之间的故事。胡一刀和苗人凤这两个当世武功最高者，因为一个误会的世仇而不得不一战。交战前，刚刚分娩才三天的胡夫人执意为胡一刀做了一桌菜，胡一刀正吃时，金面佛苗人凤到了，以下是宝树和尚（也就是跌打医生阎基）的叙述：

> 胡一刀头也不抬，说道：“吃罢。”金面佛道：“好。”坐在他的对面，端起碗就要喝酒。田相公忙伸手拦住，说道：“苗大侠，须防酒肉中有什么古怪。”金面佛道：“素闻胡一刀是铁铮铮的汉子，行事光明磊落，岂能暗算害我？”举起碗一仰脖子，一口喝干，挟块鸡肉吃了……
>
> 胡夫人向金面佛凝望了几眼，叹了口气，对胡一刀道：“大哥，并世豪杰之中，除了这

> 位苗大侠，当真再无第二人是你敌手。他对你推心置腹，这副气概，天下就只你们两人。”胡一刀哈哈笑道：“妹子，你是女中丈夫，你也算得上一个。”夫人向金面佛道：“苗大侠，你是男子汉大丈夫，果真名不虚传。我丈夫若是死在你手里，不算枉了。你若是给我丈夫杀了，也不害你一世英名。来，我敬你一碗。”说着斟了两碗酒，自己先喝了一碗。
>
> 金面佛似乎不爱说话，只双眉一扬，又说道：“好。”接过酒碗。范帮主一直在旁沉着脸，这时抢上一步，叫道：“苗大侠，须防最毒妇人心。”金面佛眉头一皱，不去理他，自行将酒喝了。夫人抱着孩子，说道：“苗大侠，你有什么放不下之事，先跟我说，否则若你一个失手，给我丈夫杀了，你这些朋友，嘿嘿，未必能给你办什么事。”

苗人凤说出一件未了之事，是一个叫商剑鸣的仇人。之后，胡一刀拜托后事，读来颇为惊心：

> 金面佛道：“胡一刀，你心中有什么放不下之事？”胡一刀抹抹嘴，站起身来，说道：

> “你若杀了我，这孩子日后必定找你报仇。你好好照顾他吧。”我（宝树）心里想：“常言道：斩草除根，金面佛若将胡一刀杀了，哪肯放过他妻儿？他居然还怕金面佛忘记，特地提上一提。”哪知金面佛说道：“你放心，你若不幸失手，这孩子我当自己孩子一般看待。”

这里面有一种东西是宝树和尚、田相公、范帮主这样的人不能想象和理解的。当天夜里，胡一刀狂奔三百里，割了八卦刀商剑鸣的头回来，第二天和苗人凤打完后才把人头给他。两人就这样惺惺相惜地打了数日，晚上还抵足长谈。后来苗人凤的刀划破胡一刀的手臂，因刀已被人喂了毒药，胡一刀中毒而死，以下是苗若兰的叙述：

> 那时我爹爹也知道是刀口上喂了剧毒的药物。胡伯母见我爹爹沉吟不语，说道：“苗大侠，这柄刀是你向朋友借的，咱家大哥固然不知道刀上有毒，谅你也不知情，否则这种下流兵刃，你两人怎能用它？这是命该如此，怪不得谁。我本答应咱家大哥，要亲手把孩子养大，但这五日之中，亲见苗大侠肝胆相照，义重如山，你既答应照顾孩子，我就偷一下懒，不挨

这二十年的苦楚了。”说着横刀在颈中一割，立时死去。

在汉人的精神传统中，一直有“季札挂剑”“雪夜访戴”“倾盖如故”这样的情结，讲的都是男人和男人之间的故事。这也是汉人的精神中令人神往的部分。“义”之一字，在汉语中是一个关键词，但却只可意会，难于言传。事实上，它就是通过这些故事来代代相传的。我的朋友范山，对萧峰的评价就是四个字：义薄云天。他也用这四个字评价我们的另一朋友邱小刚。我记得邱曾经和我说过这样的话：男人和男人之间的关系是最深的，其次是男人和女人之间的关系，而女人和女人之间是没有真正的关系的。

《武林外史》是古龙转折期的开山之作，其中最吸引人的，就是沈浪和王怜花之间由敌而友的故事，是男人与男人之间的故事的另一种经典叙事。这里先不表，留待后话。现在我想起的是 1988 年大学毕业时写给范山的一首歌谣体短诗《如此啊，好兄弟》：

在肮脏的街角

我们相依而眠

呼吸那么安详
如此啊，好兄弟

纵马跃过市场
怀抱心爱礼物
爱人那么美好
如此啊，好兄弟

在古老的村庄
我们漫步而行
歌声那么瘦弱
如此啊，好兄弟

并肩走出酒馆
双手扶住门框
阳光那么悠长
如此啊，好兄弟

范山一直固执而自私地认为，这是我写得最好的诗篇。

快意恩仇

我和你之间的友情

虽然时常令我痛苦

却正是这种痛苦证明了它是高尚的

——麦芒

我的朋友范山是一个血性男儿，他读古金读出了八个字，前四字上回已说到，是“义薄云天”；后四字便是“快意恩仇”。喜欢快意恩仇的人，一定也喜欢我行我素，多半是那些矫矫不群的性情中人，而要能做到快意恩仇，除了要有绝顶武功外，还要心意决绝，比如黄药师，比如谢烟客，比如任我行，比如萧十一郎。婆婆妈妈之人，比如段誉；阴险虚伪之人，比如岳不群，都做不到快意恩仇。恩怨分明，以牙还牙，决不做以德报怨的事，此其一；宁为玉碎，不为瓦全，决不做苟且偷生的事，此其二；心意决绝，手起刀落，决不做婆婆妈妈的事，此其三。否则，就谈不上“快意”二字了。

快意恩仇的经典案例，首推谢逊和金花婆婆在灵蛇岛“割袍断义”那一段。金花婆婆要借谢逊的屠龙宝刀，谢逊却要金花婆婆先帮他找到张无忌。一个是明教的金毛狮王，一个是明教的紫衫龙王，双方谈不拢，终于不得不动手了。其时张无忌就藏在旁边草丛中，是这一片段的目击者，金庸在叙事时用的就是张无忌的视角。两人动手之前，是一段状物的白描：

> 但听得四下里疾风呼啸，隐隐传来海中波涛之声，于凶险的情势之中，更增一番凄怆悲凉之意。两人相向而立，相距不过丈许，谁也不先动手。

这几句状物白描好生了得，将那紧张的气氛烘托得几近凝固。为文之道，张弛有度，在这紧张的氛围下，高手如金庸是绝不会安排两人马上就打的，而必定要进一步以静制动，制造一种如同台风眼中的平静。果然，两人于极紧张的对峙情境中突然开始叙旧了：

> 谢逊退了一步，声调忽变柔和，说道：“韩

夫人，从前在光明顶上你待我委实不错。那日我做哥哥的生病，内子偏又产后虚弱，不能起床。你照料我一月有余，尽心竭力，我始终铭感于心。”拍了拍身上的灰布棉袍，又道：“我在海外以兽皮为衣，你给我缝这身衣衫，里里外外，无不合身，足见光明顶结义之情尚在。你去罢，从此而后，咱们也不必再会面了。我只求你传个讯息出去，要我那无忌孩儿到此岛来和我一会，做哥哥的足感大德。”

金花婆婆凄然一笑，说道：“你倒还记得从前这些情谊。不瞒你说，自从银叶大哥一死，我早将世情瞧得淡了。只是尚有几桩怨仇未了，我不能就此撒手而死，相从银叶大哥于地下。谢三哥，光明顶上那些人物，任他武功了得，机谋过人，你妹子都没瞧在眼里，便只对你谢三哥另眼相看。你可知道其中的缘由吗？”

谢逊抬头向天，沉思半晌，摇头道：“谢逊庸庸碌碌，不值得贤妹看重。”

金花婆婆走上几步，抚着一块大石，缓缓坐下，说道：“昔年光明顶上，只有阳教主和你谢三哥，我才瞧着顺眼。做妹子的嫁了银叶先生，惟有你们两人，没怪我所托非人。”

……

两人此时相距已不过数尺，呼吸可闻，谢逊听得金花婆婆每说几句话便咳嗽一声，说道：“那年你在碧水寒潭中冻伤了肺，缠绵至今，总是不能痊愈吗？”

金花婆婆道：“每到天寒，便咳得厉害些。嗯，咳了几十年了，早也惯啦。谢三哥，我听你气息不匀，是否练那七伤拳时伤了内脏？须得多多保重才是。”

行文至此，旧时情义已然溢于言表，溢于纸上，再叙就显多余了，于是又到急转直下的时候。当阿离说张无忌已死时，谢逊知道金花婆婆骗了他，于是恩断义绝的时候到了：

（谢逊）轻轻将殷离推在一旁，嘶的一声，将长袍前襟撕下，向金花婆婆掷了过去，这叫作“割袍断义”。

之后两人就动手了，双方毫不留情，与之前的娓娓叙旧形成鲜明对比。且看金庸如何下笔：

> 但见谢逊的一招“千山万水”乱披风势斩出，金花婆婆更向左退，谢逊大喝一声，宝刀上粘着的十余朵金花疾射而出。金花婆婆啊呀一声，足下一个踉跄，向后纵了几步。谢逊是个心意决绝的汉子，既已割袍断义，下手便毫不容情，纵身而起，挥刀向金花婆婆砍去。

所有这一切只发生在一小段时间内。谢逊和黛绮丝，这两个性情中人，在短短的片刻间，经历了惊心动魄的人生恩怨，于刀光剑影中，完成了快意恩仇的经典案例，其情其景之波澜起伏，令张无忌这样优柔温厚之人目不暇接。人生哪怕只有这样一次的快意恩仇，那也算是快意的人生了吧，而谢逊的一生都是快意恩仇的，从建功立业到滥杀无辜再到立地成佛，他都是心意决绝的——他也是金庸笔下惟一一个做人做事都绝不拖泥带水的读书人。

在古金的江湖中，快意恩仇的人不少，但能集“义薄云天，快意恩仇”八个字于一身的，当推萧峰。相信很多人看到《天龙八部》第二部第十九回《虽万千人吾往矣》时，都会有血脉贲张的感受，至少我和范山是这样。萧峰为了替阿朱找薛神医救命，去了聚贤庄，那里正聚集着无数要取他性命的武林高手。下面这一段，讲的应该是“义薄云天”吧：

> （薛神医）问道：“这位姑娘尊姓，和阁下有何瓜葛？”
>
> 乔峰一怔，他和阿朱相识以来，只知道她叫阿朱，到底是否姓朱，却说不上来，便问阿朱道：“你可姓朱？”阿朱微笑道：“我姓阮。”乔峰点了点头，道：“薛神医，她原来姓阮，我也是此刻才知。”
>
> 薛神医更是奇怪，问道：“如此说来，你跟这位姑娘并无深交？”乔峰道：“她是我一位朋友的丫鬟。”薛神医道：“阁下那位朋友是谁？想必与阁下情如骨肉，否则怎能如此推爱？”乔峰摇头：“那位朋友我只是神交，从没见过面。”

这一段文字着实令人折服。惟一令人遗憾和不快的是萧峰那位“神交的朋友”实在不怎么样。后来金庸安排了一个场景，让我等痛快了一下，那是在少林寺前，萧峰一把捉住慕容复的后背，说道：“萧某大好男儿，竟与你这种人齐名。”手臂一振，将他掷了出去。

闲话休表，言归正传。且说萧峰在聚贤庄中，面对群雄，杯酒断交：

乔峰说道："两位游兄，在下今日在此遇见不少故人，此后是敌非友，心下不胜伤感，想跟你讨几碗酒喝……小杯何能尽兴？相烦取大碗装酒……这里众家英雄，多有乔峰往日旧交，今日既有见疑之意，咱们干杯绝交。哪一位朋友要杀乔某的，先来对饮一碗，从此而后，往日交情一笔勾销。我杀你不是忘恩，你杀我不算负义。天下英雄，俱为见证。"

当绝交酒喝到五十余碗时，一个令人难忘的细节出现了：

向望海走上前来，端起酒碗，说道："姓乔的，我来跟你喝一碗。"言语之中，颇为无礼。乔峰酒意上涌，斜眼瞧着他，说道："乔某和天下英雄喝这碗绝交酒，乃是将往日恩义一笔勾销之意。凭你也配和我喝这绝交酒？你和我有什么交情？"说到这里，更不让他答话，跨上一步，已抓住他胸口，手臂振处，将他从厅门中摔将出去。

我记得韩卫东常常跟我和范山说起这一段，说到“那个向望海”就大笑不止。此后是一场经典的以一敌众的战例，可堪和张无忌光明顶一战匹敌。多年来，范山兄念兹在兹的，就是萧峰“义薄云天，快意恩仇”的气概了。多年过去了，而今我更偏爱“唾面自干”这四个字，也努力以此来为人处世。我已不喜欢说快意恩仇了，就像已不再吟诵“慷慨歌燕市，从容作楚囚。引刀成一快，不负少年头”。但我也不喜欢“人若打我左脸，我将右脸也送上去”。我喜欢“唾面自干”，是喜欢“自干”二字。是的，不要用手去擦，让唾沫在脸上慢慢自己晾干，那是怎样一种感觉和境界呢？

人淡如菊

他们确曾在风中感受过风

——西川

司空图的《二十四诗品》是汉语诗学史上的不朽篇章，其中的《典雅》一章更是千年传颂的绝唱：

玉壶买春，赏雨茆屋。

坐中佳士，左右修竹。

白云初晴，幽鸟相逐。

眠琴绿阴，上有飞瀑。

落花无言，人淡如菊。

书之岁华，其曰可读。

“落花无言，人淡如菊”，是这一章的关键词，也是汉人所推崇和追求的最高境界和品格。在司空图写作《诗品》后一千年，一个叫亦舒的女人以《人淡如菊》为名写了一本言情小说，一个叫金庸的男人用《人淡如菊》作为他的一本武侠小说中的一个回目标题，这本武侠小说叫《连城诀》，其第三回即是《人淡如菊》。若干年后，一个叫王怜花的人又用《人淡如菊》这四个字演绎了一回《兵器谱》。历史和现实就是这样血肉相连。

《连城诀》在金庸的作品中是个异数，就像《欢乐英雄》在古龙那是个另类一样。《连城诀》中所写到的人心阴险和人性卑劣，在金庸的作品中惟《笑傲江湖》庶几可比。这是一本完全令人绝望的书，在这本书中，金庸对人类几乎完全失去信心。因此读《连城诀》殊无欢乐可言。但是，在金庸的作品榜单上，《连城诀》占有重要的位置。

在《连城诀》中，惟有丁典和凌霜华的悲惨爱情故事，显现了人性的光辉，是这本如同暗夜一般的书中惟一耀眼的星光。“人淡如菊”，在书中是丁典用来形容凌霜华的，其实，这用来形容他们的爱情、他们的人生态度也许更为恰当。在弥留之际，丁典追忆了他和凌霜华的爱情始末，倾听者是全书的主人公狄云：

“那是在九年之前，九月上旬，我到了汉口，向药材店出卖从关外带来的老山人参。药材店主人倒是个风雅人，做完了生意，邀我去看汉口出名的菊花会。这菊花会中名贵的品种倒真不少，嗯，黄菊有都胜，金芍药，黄鹤翎，报君知，御袍黄，金孔雀，侧金盏，莺羽黄。白菊有月下白，玉牡丹，玉宝相，玉玲珑，一团雪，貂蝉拜月，太液莲。紫菊有碧江霞，双飞燕，剪霞绡，紫玉莲，紫霞杯，玛瑙盘，紫罗伞。红菊有美人红，海云红，醉贵妃，绣芙蓉，胭脂香，锦荔枝，鹤顶红。淡红色的有佛见笑，红粉团，桃花菊，西施粉，胜绯桃，玉楼春。”

丁典说到这些花名时，嘴角边带着微笑，神色甚是柔和，轻轻地道：“我一面看，一面赞赏，说出这些菊花的名称，品评优劣。当我观赏完毕，将出花园时，说道：‘这菊花会也算是十分难得了，就可惜没绿菊。’

“忽听得一个小姑娘的声音在我背后说道：‘小姐，这人倒知道绿菊花。我们家的‘春水碧波’‘绿玉如意’，平常人哪里轻易见得？’

“我回过头来，只见一个清秀绝俗的少女正在观赏菊花，穿一身嫩黄衫子，当真是人淡如菊，我一生之中，从未见过这般雅致清丽的姑娘。她身旁跟着一个十四五岁的丫鬟。那位小姐见我注视她，脸上登时红了，低声道：‘对不起，先生别见怪，小丫头随口乱说。’我霎时呆住了，什么话也说不出来。”

丁典初见凌霜华这一幕，就像范遥初见黛绮丝时一样：“那是一见钟情，终于成为铭心刻骨的相思。”从当天午后到天快黑，丁典徘徊于凌府前，不能自持：

“那天晚上，我在凌府外的石板上坐了一夜。”

每次看到这里，我就会想起我所喜爱的诗句：“有一个人 / 在露水的石凳上坐到天明。”每当我想起这动人的诗句，梅花便落了下来。

“到了第二天早晨，狄兄弟，我好福气，两盆淡绿的菊花当真出现在那窗槛之上。我知道一盆叫作‘春水碧波’，一盆叫作‘绿玉如意’，可是我心中想的，只是放这两盆花之人。就在这时候，那张天下最美丽的脸庞悄悄地露出半面，向我凝望了一眼，忽然间满脸红晕，隐到了帘子之后，从此不再出现。

“这样子的六个多月，不论大风大雨，大霜大雪，我天天早晨去赏花。凌小姐也总风雨不改地给我换一盆鲜花。她每天只看我一眼，决不看第二次，每看了这一眼，总是满脸红晕地隐到帘子之后。我只要每天这样见到一次她的眼波，她脸上的红晕，那就心满意足。她从来没跟我说话，我也从不敢开口说一句。以我的武功，轻轻一纵，便可跃上楼去，到了她身前。但我从来不敢对她有半分轻慢。至于写一封信来表达敬慕之忱，那更是不敢了。”

之后丁典受伤，凌小姐的父亲凌翰林凌退思，带着一个天大的秘密到荆州当了知府。丁典历尽一年多的追寻，终于探到凌霜华的踪影:

“这天晚上，我悄悄捧了一盆蔷薇，放到凌小姐后楼的窗槛上，然后在楼下等着。第二天早晨，小姐打开窗子，见到了那盆花，惊呼了一声，随即又见到了我。我们一年多不见，都以为今生再无相见之日，此番久别重逢，真是说不出的欢喜。她向我瞧了好一会儿，才红着脸，轻轻掩上了窗子。第三天，她终于说话了，问：‘你生病了吗？可瘦得多了。’以后的日子，我不是做人，是在天上做神仙，其实就是做神仙，一定也没我这般快活。每天半夜里，我到楼上去接凌小姐出来，在江陵各处荒山旷野漫游。我们从没半分不规矩的行为，然而是无话不说，比天下最要好的朋友还更知己。”

幸福到此为止。凌退思为了得到丁典的“连城诀”以便寻宝，设下毒计，用“金波旬花”毒倒丁典，穿了他的琵琶骨，定期严刑拷打。凌小姐在丁典牢房可见的高楼上每天放一盆鲜花，做他的伴侣。当丁典终于练成神照功，当晚便越狱去见霜华，怎知霜华已因抗婚而自毁容颜，决意终生不下楼了。这一夜，肝肠寸断：

“东方渐渐亮了，我和她分了手，回到了狱中。那时我虽可自由出狱，但我每天要看她窗上的花，我是永远永远不会走的……有人行刺凌退思，我反而救他，因为……因为如果凌退思给人杀了，霜华一个人孤苦伶仃，在这世上再也没有依靠。”

终于有一天，高楼窗槛前的花谢了却没有人换。当丁典扑倒在凌霜华的棺材上悲恸欲绝时又中了凌知府的“金波旬花”之毒。丁典死时，有一件真相他并不知道，否则更加死不瞑目。那是全书快结束时狄云为合葬丁凌两人时发现的：凌霜华是让她爹活着关进棺材的……人心之毒，竟至于斯。不过丁典临死前却说出了人与人的不同：

> “凌退思这种人，于功名利禄、金银财宝看得极重，以己度人，以为天下人都如他一般的重财轻义，以为他女儿倘若向我索取，我一定不允，反而着了形迹，令我起了提防之心……狄兄弟，虽然这是武林中的奇书至宝，可是与霜华相比，在我心中，这奇书至宝也不过是粪土而已……他若叫女儿向我索取，我焉有相拒之理？”

只可惜人和人确实不一样，而世上多的是凌退思（枉自有如此儒雅的名字）这样的人，像书中的戚长发、万震山、言达平三个师兄弟，像“落花流水”四大侠，着实让人不寒而栗。而像丁典和凌霜华这样的人，从来就不多。说来奇怪，这两人，始相遇于菊花，中相逢于蔷薇，终丧生于金波旬花，是为因花成谶。他们的故事，也像花一样，开了，谢了，什么也没留下，就好像根本没发生过。惟一真实的，是花的名字——就像伟大的智者所说，我们从来就没有看到过玫瑰，我们看到的只是玫瑰的名字。

谁能快乐而自由

落山的太阳神奇的月
大饼烙好看大雪
你要抒情你就抒情
我肚子饿了，我要吃大饼

——清平

在古金的江湖中，多的是风华绝代的英雄和倾国倾城的美人，但你若是一定要问：在古金的江湖，谁能快乐和自由？敢于大声回答的恐怕只有一个人，还有他的三个朋友。这是个很大路的人，他的名字就叫郭大路，他有三个朋友：王动，燕七，林太平。后来燕七还成了郭大路的老婆。

《欢乐英雄》在古龙的作品中是个异数，就像《连城诀》在金庸是另类一样。这两本书初看似乎不太光彩夺目，但越看越耐人寻味，越看越让人觉得意味深长，终于，你深深意识到：这是真正的好书。这很像那一种女人，你和她相处越久就越觉得她耐看，让你觉得很难穷尽她……

像郭大路这样的人，现在很少很少了，也许已经绝迹。他只适合生活在古典时代，在现代商业社会中没有他的立锥之地。就连欣赏他这种人的人，现在大概也不多了。郭大路，他的肠子是直的，腰和膝盖也是直的；他的拳头是硬的，而他的心却是软的。他明亮，他的词汇中没有阴暗也没有仇恨。他天真，有时也许还简单，并且常常因此而吃亏，但他仍然一如既往地古道热肠。你也许觉得他有点傻，但你没有他吃得香，睡得香，所以他比你快乐，因为他没有机心。他也有常人的虚荣，有自以为得计的小聪明，常常情不自禁地沾沾自喜，但是这些毛病在他身上只会让你觉得他可爱，除了因为他善良外，他有他的独特的幽默感：

有些人很喜欢冬天，因为冬天可以赏雪，赏梅，可以吃热烘烘的火锅，可以躲在热烘烘的被窝里读禁书，睡大觉。

这些乐趣都是别的季节享受不到的。

喜欢冬天的人当然绝不会是穷人，冬天是穷人最要命的日子，穷人都希望冬天来得迟些，最好永远莫要来。

只可惜穷人的冬天总是偏偏来得特别早。

现在已经是冬天了。

富贵山庄院子里的雪也和别的地方一样白，而且也有几株梅花。但一个人的身上穿的若还是春天的薄衣服，肚子里装的若还是昨天吃的阳春面，他惟一有心情欣赏的东西就是可以往嘴里吞下去，塞饱肚子的，绝不会是白雪梅花。

郭大路望着院子里的白雪梅花，喃喃道：“这梅花若是辣椒多好。”

王动道：“有什么好？”

郭大路道：“你看，这满地的雪岂非正像是面粉，配上几根红辣椒，岂非正好做一碗辣乎乎的热汤面。”

这就是郭大路，有两个字是他的写照：赤子。是的，郭大路是一个赤子。他的言行都是发自内心，自然而然的，没有矫揉造作，没有虚情假意，没有尔虞我诈，没有修饰和雕琢，但绝无粗鄙和恶俗。所有人中只有他看不出燕七是女人，但他知道自己对燕七的感情。所以当他知道燕七是女子后，他一定要找到她。对于燕七安排的美人计，郭大路于春色无边时面对美人说："不是不愿意，是不能……你虽然又美，又温柔，我虽然也很喜欢你，但在我心里，无论谁也无法替代她。"这个时候，郭大路并不知道燕七在哪里，还能不能找到，但他心里就是这样想的。他并没有强迫自己这样做，而是自然而然地这样做。扪心自问，在那样的关头，我想我很难自持。

但郭大路最珍贵的品质是不冷漠，有热情。人心历来是很冷漠的，于今为盛。但郭大路，他血仍未冷。而燕七是一个冰雪聪明的女子，"春天就在燕七的眼睛里"。她懂得郭大路。她爱了，并得到他。在某个地方，我曾说过这样的话，我说一个聪明的女人一生最重要的事业是深深地理解一个男人，爱他并得到他。燕七，她确是郭大路的红颜知己，除了没有必要安排那场美人计外。而王动，他是郭大路人生历程中不可或缺的兄弟，因为郭大路这样的人不能只和女人一起生活，哪怕是红颜知己，他一定还要和兄弟在一起。他惟一害怕的，是寂寞。但又有谁不怕寂寞呢？本质上，王动是和郭大路不一样的人。王动是王老大，他也确是做老大的人，而郭大路不是。王动是一个深沉而骄傲的人，他知道用减法来对付生活——这太了不起了。

这四个人，郭大路，燕七，王动，林太平，他们是真正的朋友，对人性有足够的信任，对身外之物没有贪婪之心。他们对生活有热爱，对未来有想象，他们的一生永远有远方。哪怕一生都在等待，那也是在希望中等待。他们，惟有他们，是快乐而自由的，因为他们知道自己要什么，并且知道自己要得不多。

爱人同志

你耗尽一生为万物寻找对仗
可你自己的下联是谁
在那个喧闹而热爱偶数的朝代
你是惟一孤独无匹的事物

——林东威《夜读李商隐》

我就是那个叫王怜花的男人。一个叫古龙的人把我安排在一本叫《武林外史》的书中，这本书也叫《风雪会中州》。他安排我和一个叫沈浪的人演对手戏，并和他争抢一个叫朱七七的女人。这是一个误会，其实古龙不懂我。我是一个心思很深很深的男人，深深地迷恋李商隐。我常常独自一人在深夜读李商隐。每当我吟咏“锦瑟无端五十弦，一弦一柱思华年”时，我就能体会到另一个诗人食指的感觉：“我的心骤然一阵疼痛。”有一枚针扎在了心房。

后来，一个叫林东威的人写出了《夜读李商隐》：

只有在庄生的梦里你才醒着
听凭世界的手被诗歌书写
一管笔提起来就悬了千年
只等着泪水凝成珠玉
琴弦断成华年

灵感总是在东风无力的时候不期而至
中世纪的格律之王
在阴谋与爱情之间残喘
把春心托付给杜鹃
把后背暴露给人民
只用两三个典故
便草草了结了一生

义山，你的完美是我彻夜难眠的病根
不写诗的时候你扮演谁：
碌碌无为的幕僚，一身风尘的旅人
温柔的猎艳能手，凄婉的意淫大师

改革开放的牺牲品，慢性糖尿病的受害者
巴山夜雨已经淹没了晚唐的歌声
一代人多年没有回家
而谁是那双秋池涨水的明眸
被千里之外的一首《无题》彻底照亮
在寸寸相思中化为灰烬

而效仿你就意味着在平庸之中成为天才
伤心的话留给自己来说
伤肾的事让给别人去做
用几行七律把时代哄入梦乡
自己守着床头横陈的爱情
和衣斜倚到天明
胡乱梳洗一番
便翻身上马，径直驰入文学史

这时蓬山已经不远，金屋尚未修成
玉桃不偷也罢，灵犀没点就通
你耗尽一生为万物寻找对仗
可你自己的下联是谁
在那个喧闹而热爱偶数的朝代
你是惟一孤独无匹的事物

帝国的秋阳斜照着你的落寞
你一旦开始回忆
历史只好一片惘然

一个汉语的幽灵
穿行于平平仄仄的迷宫
千年之后，世界从你的梦中醒来
伸了个懒腰
决定不再押韵

现在我偶尔会在电视上看到林东威，有时我很难相信电视上播英语新闻的那个男人就是多年前住我楼下宿舍、读英国语言文学、写《夜读李商隐》的林东威。这就像我对现在的我也常常感到不真实一样。其实如果我留心他的另一首诗《内心的雪景》，我应该真的相信诗人有时确是先知：

今夜雪拥蓝关啊今夜
后现代的大军已经攻入了长安
金斯堡在大麻的烟雾中怀念李白
想起落雪的江南
一代精英们衣衫正单

围炉煮酒，些许风寒
美人随意一笑
顿时使文学成为遗产

因此天才注定要被内心更深的积雪掩埋
在世界的迟暮之年热爱一切虚构的事物
为了玫瑰的名字不惜隐瞒重大历史事件
诗囊饱满骑驴下山冷不防被市场经济毁于一旦
而究竟是谁在很险的韵脚中与你狭路相逢，殷勤问安
用一生的智慧细读你雪中肌肤，幽香暗掩
谁抛却了书卷谁才能与文字表里如一，互为遗憾
剩下万里江山在对一个冬天的回忆中
与敌共眠

谁是我的下联呢？我不知道，但我知道绝不是朱七七。只有一件事古龙没有写错：我热爱诗歌，性情多变。古龙让我在朱七七面前表演联句。句是我联的，但我不想在朱七七面前——我想她不懂这样的风雅，尤其不懂我为什么要用这么多李商隐的句子：

自传芳酒涴红袖（杨巨源）
似有微词动绛唇（唐彦谦）
雾气暗通青桂苑（李商隐）
日华摇动黄金袍（许浑）
垂手乱翻雕玉佩（李商隐）
背人多整绿云鬟（杨巨源）
纤腰怕束金蝉断（薛逢）
寒鬓斜簪玉燕光（李贺）
黄鹂久住浑相识（戎昱）
青雀西飞意未回（李商隐）
帘前春色应须惜（岑参）
楼上花枝笑独眠（刘长卿）

我知道我是一个性情多变的男人，但绝不是因为我精于易容。经常变幻面具，只不过想体验生活的多种可能性。但我终于骗不了自己，我深知这也只不过是痴人说梦啊，我又怎能穷尽生活的可能性呢？我多变，只不过不想别人比我更了解我。每当夜阑人静，我从血雨腥风的江湖回到李商隐，我的心事就被拉得很长很长。我知道我在等什么：我希望我能走进《夜雨寄北》，和我的良人一起，絮絮私语。

何当共剪西窗烛
却话巴山夜雨时

这就是我的梦，不过没有人知道我的良人她在哪里，连我自己也不知道。直到有一天，我在江湖上遇到一个叫金庸的人，他送了我一本名叫《倚天屠龙记》的书。那天夜里我看到天亮。我知道我的良人是谁了。

是的，就是赵敏。不过我喜欢叫她敏敏。

我知道我没有办法见到她，因为我没有月光宝盒。如果我能见到她，我一定会跟她说一句话：你像一句美丽的口号挥不去。

那时候我和沈浪已经相逢一笑泯恩仇，化敌为友了。我陪着他和朱七七远游海外，算是结伴归隐，淡出江湖了。那时江湖已是李寻欢的时代。我每天翻看《倚天屠龙记》，慢慢的，敏敏的影子在我心里映得很深很深。我无以排遣，于是开始重写我一生的终结之书《怜花宝鉴》。终于有一天，沈浪看出了我的心事，他单独请我喝酒。我认为很复杂的问题，他却很简单地解决了。他说，你易容成张无忌，就能见到赵敏，你和她，确是绝配，但是，一个叫亦舒的女人常在她的书中说，人们所爱的是一些人，与之结婚生子的是另一些人。你好自为之吧。

我看着沈浪，突然明白一件事：沈浪爱的并不是朱七七，而是白飞飞——只有白飞飞才是他的下联。他能够很简单地解决别人的问题，但却没有办法解决自己的问题。我脱口而出，用范遥安慰敏敏的话来安慰沈浪：世上不如意事十居八九，既已如此，也是勉强不来了。

在书中，当时敏敏的回答是：我偏要勉强。我喜欢这样的回答，为了爱情要在所不惜，但我知道沈浪做不到这样，他的内心软弱，没有这样的勇气。对此我也无能为力。我们杯酒言别，我易容为张无忌，然后我就见到了我的敏敏。

在这里我不得不佩服金庸的大胆，《倚天屠龙记》全书总共四十回，他却忍得住把赵敏这么重要的人物安排在第二十三回才初次出场。对我来说，这却再好不过，省得我从头做起，因为我只想见到敏敏。

现在我是张无忌，不，应该是现在张无忌身上有两个人：一个是那个傻小子，一个是王怜花。吸引敏敏的，是张无忌身上的王怜花。只有王怜花知道敏敏喜欢什么，想要怎么样。

第一次见到敏敏时她女扮男装，在神箭八雄的簇拥下英姿飒爽。当时我就想，如果她真是男的，就是我在江湖上最好的对手。第二次见面在绿柳山庄，我看了她刚柔相济的书法，错落有致的园艺，确信她胸中大有丘鏊。这些事张无忌是不懂的，但《怜花宝鉴》的作者是一个艺术家，他有一颗敏感的心，深深懂得敏敏身上的狂野和无邪。于是，我默许了弱智的周颠拔出奇鲮香木剑，让我的随从们中毒，然后借机单独去找敏敏要解药。唉，那不过是几棵醉仙灵芙的球茎而已，是王难姑《毒经》中的解法，其实，《怜花宝鉴》中有更好的解法。

我回到绿柳山庄找解药，这样我就第三次见到了敏敏。凡事不过三，我想，于是我下了绝招：我脱下敏敏的鞋袜，手握那双完美的纤足，在她的身心中种下了一生无解的情愫之毒。

这不是我在《武林外史》中对朱七七用过的错魂手段，那只是纯粹的生理手段，而我要得到的，是敏敏的芳心。

当我听到敏敏对我骂道“贼小子，给我着好鞋袜”时，我想可能事就这样成了。作为叙事人的金庸当时是这样描写赵敏的：

> 她一声不响地自行穿好鞋袜，在这一霎时之间，心中起了异样的感觉，似乎只想他再来摸一摸自己的脚。

自然，我无从知道敏敏的内心活动，但是，当我接过事后敏敏差钱二败送来的装着那两朵珠花的金盒时，我知道事确已成了。此后的一切，只不过是我和敏敏联手演绎的爱情故事。有时是我欲擒故纵，有时是她别出心裁，其间有多少令我意乱情迷的经典时刻啊：

只见赵敏一人站在当地，脸带微笑，其时夕阳如血，斜映双颊，艳丽不可方物。

这是金庸的妙笔生花，我已看出，金庸在行文时对敏敏不知不觉中也是有所偏爱的，虽然他在后记中说赵敏虽美丽但不可爱。这是作家们的惯技，那个叫托尔斯泰的老头不也说他不喜欢安娜吗？

敏敏血溅华堂那一幕，是我毕生最大胆的一次冒险。不过，从那以后，我相信这世上确有人为了爱会在所不惜。而且我知道只有女人才会这样，男人中根本没有一个真正做到“不爱江山爱美人”的。

因为敏敏，我的人生得以改变：我终于触摸到了真实和幸福。而我此刻想起的不是海子的《面朝大海，春暖花开》，而是麦芒的《自画像》：

没有真实的镜子
却总是揣测万千变化
一个二十世纪的亡命徒

遁迹于古老的爱情

我想像麦芒那样大声对自己说：

我不想高山，不想大海
不想任何与庞大相等的事物
也不想装扮成它们的伴奏

你只需叹息，像一场梦
你只需存在，哪怕被毁灭
这一切已经足够幸福了
就不要再追求什么不朽

然而幸福总是短暂，《倚天屠龙记》总有写完的时候。很快就到了结尾，我本想好好替敏敏画一次眉，但这个愿望终于没能实现。在离别的时刻，我感到难过的是，敏敏，她永远也不知道，是一个叫王怜花的男人陪她走过了她的花样年华。她永远也不知道，王怜花才是她的下联。在这伤感的自怜中，我还想借麦芒的诗对敏敏说：

小姐，请珍惜你美好的情感
凭着这你会永远一路平安

相见时难别亦难，我对李商隐的理解又多了一份刻骨铭心。中世纪的格律之王啊，我这才知道，寻求对仗和下联是一件呕心沥血的事，所以你才说：望帝春心托杜鹃。

只有沈浪理解我，他先给我找来了一个叫徐小凤的女人唱的李商隐，那样低徊性感的“相见时难别亦难，东风无力百花残”的歌声，使我平生第一次感觉到流行歌曲竟然也有直指人心的力量。之后他又找来罗大佑的《爱人同志》，当听到“你像一句美丽的口号挥不去”时，沈浪说：“所谓对仗和下联，就是爱人同志。比如你和赵敏，比如我和白飞飞。”

此情可待成追忆？逐渐地，我又像从前一样每天晚上读李商隐到天亮，白天则继续重写《怜花宝鉴》。当我心如止水、波澜不兴时，沈浪和我谈起了这些年的江湖。

“人虽未老，江湖已老”，沈浪以一句这样的感慨开头。他告诉我李寻欢的时代也已经被古龙以一本名叫《风云第一刀》又叫《多情剑客无情剑》的书结束了。在那本书中人们谈到了我：

> 李寻欢道：“听说这人乃武林中独一无二的才子，文武双全，惊才绝艳，所学之杂，涉猎之广，武林中还没有第二个人能比得上。”

孙老先生道："不错，此人不但占卜星相，琴棋书画都来得，而且医道也很精，易容术也很精，十个人学不全的，他一个人就学全了。"

我知道沈浪给我讲这些是想给我一些慰藉。如果在我纵横江湖的时候听到这样的话，可以想象我会如何的意气风发。即便是现在，我依然感到我的虚荣心得到了极大的满足，毕竟这是百晓生兵器谱上排名第一和第三的人说的话。

"李寻欢之后，江湖上又出了一个叫萧十一郎的男人和一个叫风四娘的女人。古龙将他们写进了《萧十一郎》和《火拼萧十一郎》两本书中。坊间传说风四娘是古龙写得最好的女人。你看看吧。"沈浪说完，给我留下了那两本书。

我暂时停下了李商隐和《怜花宝鉴》。我想，如果没有敏敏，我可能会爱上风四娘。确实，风四娘是古龙写得最好的女人。但萧十一郎，他令我失望。他明知自己爱风四娘，但他不敢确定，不敢承认，不敢面对，于是他用爱上沈璧君来做掩护。这一套路郝思佳在《飘》中用过，她不停地对自己说她爱的是君子卫希礼，但她真正爱的其实一直是浪子白瑞德。十一郎对淑女沈璧君的爱是一个概念之爱，形而上学，非常抽象。这种爱还带有一个边缘强盗对一个主流淑女的极其复杂的隐秘心理。而四娘，他知道，那是和他一路的人，属于一个阶级。这就是他们之间的全部奥秘之所在。

不过，在生死关头，十一郎终于不负四娘。那是十一郎为了救四娘，放下了手中的割鹿刀：

> 看着这把刀，风四娘的泪已流下。
>
> 直到现在，她才真正明白，为了她，萧十一郎也同样不惜牺牲一切。
>
> 他对她的感情，表面上看来虽不同，其实却同样像火焰在燃烧着。
>
> 被燃烧的是他自己。
>
> 她流着泪，看着萧十一郎，心里又苦又甜，又喜又甜，终于忍不住放声痛哭，道："你真是个呆子，不折不扣的呆子，你为什么总是为了别人做这种傻事。"
>
> 萧十一郎淡淡道："我不是呆子，你是风四娘。"

最后这一句，朴实无华而斩钉截铁，有金石裂帛之声。讲这句话的十一郎，和四娘是爱人同志——死生契阔，与子成说。而我突然想到，那连城璧和周芷若也许倒是绝配。只有沈璧君，是孤独无匹的事物，没有下联。

> 晚霞绚丽。
>
> 但这也只不过是说：黑暗已经不远了。

这是古龙在《萧十一郎》中最令我震惊的陈述。我想我的《怜花宝鉴》也到了该结束的时候了。而我所能想到的最好的结束语来自博尔赫斯的《我的一生》，没有比这更骄傲的诗章了：

> 我曾远渡重洋，踏上过许多地方
>
> 见过一个女人和两三个男人

浮生若梦 为欢几何

古松居士笑了，道："所以我常说你

若不喝酒，一定能活到三百岁。"

木道人道："若是没有酒喝，

我为什么要活到三百岁？"

——《陆小凤传奇：绣花大盗》

陆小凤一伸手，道："请。"

宫九道："理应你先。"

陆小凤道："为什么？"

宫九道："因为这是到鬼门关的路。"

——《陆小凤传奇：凤舞九天》

你愿意活得更长，还是宁愿活得更好？这是一个问题。什么是活得更好，是指生活的密度大还是说生活的质量高？这又是一个问题。为什么会有焦虑？因为诸如此类的问题永难回答。每个人都只能用自己的一生去试着寻找答案，不过当你终于明白时，你的一生也已到头了。人生和历史一样，没办法再来一次。所以我时刻提醒自己：生活只有一种可能性，并且没有一种生活不需要付出代价。在这样的警醒之后，我可以暂时心安理得无所顾忌地生活。

古龙在《陆小凤传奇》中创造的各色人等，都在试着按自己对生活的理解生活在江湖，并且都付出了必须付出的代价。这是我偏爱《陆小凤传奇》的主要原因。

陆小凤出场那一节，颇为香艳高蹈。他的人，躺在青云客栈的床上；他的酒杯，放在他的胸膛上，他不必动手，只要深吸一口，杯子中的酒就进了他嘴里；为他斟酒的，是一个有着成熟风韵的非常美的女人，这个女人叫“老板娘”，因为她的老公是“老板”朱停，而朱停，是陆小凤的好朋友。其时，青衣楼的人正在找陆小凤，看样子多半是找他的麻烦。这个出场，是陆小凤一生的“路演”：醇酒美人，声色犬马，在险恶江湖出生入死的同时及时行乐。

先按下陆小凤不表，单说陆小凤的朋友“老板”朱停，虽然古龙对他惜墨如金，但他代表一种人生：

朱停从来没有做过任何生意，也没有开过店。

他认为无论做什么生意，开什么店，都难免有蚀本的时候。他绝不能冒这个险。

其实他不做生意还有个更重要的理由，那只因为他从来没有过做生意的本钱。但他的外号却叫“老板”。

朱停是个很懂得享受的人，而且对什么事都很看得开，这两种原因加起来，就使他身上的肉也一天天增加了起来。

胖的人看来总是很有福气的样子，有福气的人才能做老板，所以很多人都叫他老板。

事实上，他也的确是个很有福气的人。

他自己的长相虽然不敢恭维，却有个非常美的老婆。他这一生中从来也没有做过一件正经事，却总能住最舒服的房子，穿最讲究的衣服，喝最好的酒。

他还有件很自傲的事——他总认为自己比陆小凤还懒。

你只要一看见他坐到那张宽大而舒服的太师椅上，世上就很少还有什么事能让他站起来。

因为无论要做什么事的时候，他都要先

“停”下来想一想。

只要想开了，世上也就没有什么事是非做不可的了。

在书中，惟一领略和见识了朱停的风范的，是青衣楼派来找陆小凤的那个叫铁面判官的人：

铁面判官看着他，上上下下地看了几眼，面上忽然露出一丝恶毒的微笑，道：“你老婆在客栈陪一个有名的大色鬼喝酒，你居然还能坐在这里？”

朱停淡淡道：“小孩要撒尿，老婆要偷人，本就是谁也管不了的，我坐不住又能怎样？上房去翻跟头？滚在地上乱爬？”

铁面判官大笑，道：“你这人倒真看得开，我佩服你。”

……

朱停一直看着他，道：“你有没有老婆？”

铁面判官道：“没有。”

朱停笑了笑，悠然道：“你若也有个像我这样的老婆，你也会看得开了。”

当然，朱停能过这样的日子，还得靠他有一双巧手，能做出各种各样奇奇怪怪的东西换回银子。不过，他是不喜欢工作的。他的态度，正如福克纳说的：人有那么多工作是非常可耻的。我想他也一定会赞成福克纳紧接着说的一句话：最好的工作是当妓院老板。

陆小凤的身上，有朱停的味道。人生苦短，这是一个大家都认同的常识。但接下来怎么做，就千差万别了。《古诗十九首》的教导是：

人生忽如寄，寿无金石固。
服食求神仙，多为药所误。
不如饮美酒，被服纨与素。

生年不满百，常怀千岁忧。
昼短苦夜长，何不秉烛游！
为乐当及时，何能待来兹。

《古诗十九首》是绝对的诗，铿锵决绝，有白金和乌木的气概。“秉烛夜游”，多么坚决的人生态度，汉人最高蹈的精神在这里被点亮。紧接着，《世说新语》，这部记载汉人高蹈精神的沙之书，讲述了汉人中最敏感的心灵如何面对生活：穷途恸哭，土木形骸，礼法岂为我辈所设；雪夜访戴，秋风鲈鱼，人生只贵适意而已。接下来，汉人中最高洁的心灵陶渊明写下了五柳先生的生活：“造饮辄尽，期在必醉，既醉而退，曾不吝情去留。”之后，有史以来最伟大的汉语诗人李白写下了《将进酒》：

> 君不见高堂明镜悲白发，朝如青丝暮成雪。

青丝，青丝啊，趁着暮成雪前千金散尽，所以，人生得意须尽欢，莫使金樽空对月。在《春夜宴桃李园序》中，李白发出了总结性的感慨：

> 夫天地者，万物之逆旅也；光阴者，百代之过客也。而浮生若梦，为欢几何？古人秉烛夜游，良有以也。

李白以后，汉人的精神和生活逐渐萎缩。千年后，古龙无师自通地接上了这一脉。在他的笔下，又出现了倜傥不群的汉人形象。在《陆小凤传奇》中，古龙创造了群像：西门吹雪，花满楼，叶孤城，老实和尚，朱停，金九龄，木道人，宫九……这些人或正或邪，但都鲜艳夺目。而陆小凤是怎样一个人，有怎样的人生态度，正是在和这些群像的对比中显现。

身无彩凤双飞翼，心有灵犀一点通。李商隐的这两句诗，讲的是一个人和他的两项功夫。人叫陆小凤，功夫是他的“双飞彩翼”轻功和名满江湖的“灵犀指”。他的灵犀指，夹住过叶孤城的“天外飞仙”，但却留下了一个挥之不去的悬念：是否也能夹住西门吹雪的无情一剑？这是许多人，包括古龙和西门吹雪本人，都想知道的。

但是陆小凤深深懂得人生苦短，他是绝不会为了江湖上的虚名去一试生死的。这是他和他的朋友西门吹雪、叶孤城的不同之处。他们不近酒色，只喝白水，毕生只为那一剑的风情而活着，情愿随时为谁的剑更快而流血。而陆小凤，他宁愿和欧阳情、薛冰、沙曼一起喝花酒，或者和花满楼一起千里迢迢去吃苦瓜大师的素席，再到银钩赌坊去赌一把。比起西门吹雪和叶孤城，也许陆小凤更能理解金九龄变成绣花大盗，木道人就是老刀把子，毕竟人生一世，草木一秋，有时确实需要搏一把。而花满楼和朱停的享受人生，是陆小凤所爱。是的，陆小凤虽然不像王怜花那样深解李商隐的《夜雨寄北》，但却是李太白“浮生若梦，为欢几何”的忠实信徒。

许多人都认为陆小凤和楚留香很像，其实，那是形像而非神像。楚留香，他是风流自赏的，他的言行，和李寻欢一样，有太多的自恋和做秀的味道。而陆小凤，他知道人生的苦痛和短暂，所以他的及时行乐是真实的，也是善良的。那很像我的朋友麦芒的诗章：

可怕的死亡教会我放纵欲望
二十岁是短命，一百岁也是夭折
上天不会再派同样的人
顶替我享受那份该得的恩典

既然我挣不到什么财产
那就索性赔个精光吧
像一只无所事事的雄蜂
交尾一次便知趣地去死

是人间的花，请在人间开放
哪怕被摘也胜似寂寞无闻
我只有一颗煮在肉锅里的良心
肉锅受煎熬，良心也不安

无论是麦芒的诗还是古龙的陆小凤，都使我对生命既敬畏又放肆。我想我对及时行乐是有很深很深的体会的，那也许是随心所欲，也许是随遇而安，也许是随波逐流。而现在，我只想在雕刻时光中眺望时光流逝，因为我喜欢用生活来消磨生活。每念及此，我就有一种痛快的感觉。这很像我初读海子这句诗时的感觉：

我要挥霍掉青春的岁月
然后去做铁石心肠的船长

怀着爱和凄楚

所以我问，愚蠢地问：

（但是我问谁呢？）

献身能感动一个人吗

——旧作《献身能感动一个人吗》

第一次读到塞林格的《九故事》是在 1988 年，在当年北大图书馆二楼的开架阅览室，我用一天的时间草草读完。那本书已经被翻得很烂，书上有很多的批语和红杠，是那些喜爱塞林格的人留下的。第二天我跑了好几个书店找《九故事》，都没有，我很沮丧，那就像你很急切地去女生宿舍找她，她却总不在。后来臧棣知道我喜欢《九故事》，就把他的那本作为生日礼物送给我了，在 1989 年的一月。如此啊，好兄弟。

说实话，我从未觉得《麦田里的守望者》有什么，但《九故事》令我欲罢不能。而我最喜爱的是其中的《献给爱斯美的故事——怀着爱和凄楚》。这篇故事总让我情不自禁地想起一个人——程灵素。

在金庸的所有女性人物中，我爱三个人：赵敏，小昭，程灵素。三人的命运各不相同：小昭生离，程灵素死别，只有赵敏得到了幸福。而我对她们的爱也各不相同：对赵敏的爱是宠爱，放纵她，迁就她，直到把她宠坏了（十年前吧，有一个人深深理解这种爱，她在给我的信中说："你一定要把我宠坏啊。"），我喜欢她有着一颗不羁的心；对小昭，是珍惜和怜爱吧，面对她就像面对一块洁净的白玉——思无邪；而对于程灵素，我只能引用塞林格——怀着爱和凄楚。

在《献给爱斯美的故事》中，爱斯美要萍水相逢的大兵塞林格（小说中的"我"和X军士的原型就是塞林格，参见保罗·亚历山大《守望者：塞林格传》）为她写一个故事：

"你要是什么时候能为我一个人写一篇故事，我将会感到非常荣幸。"她沉思着说，"我喜欢悲惨凄楚的故事。"

"什么故事？"我边问边向前探了探身子。

"悲惨凄楚的。我对研究悲惨的生活很有

兴趣。”

爱斯美又双脚交叉站着，“你肯定不会忘了为我写那篇小说吧？”她问，“也不一定仅仅是为我一个人写，它可以——”

我说我决不会忘记，还告诉她，我从未为任何人写过小说。但是，现在似乎该认真考虑一下这个问题了。

她点点头，建议道：“故事一定要写得非常悲惨，非常动人。”并又问：“你对悲惨生活多少了解一点吗？”

我说我还谈不上真正了解，不过从某种程度上说，我对它的了解正在不断地加深。并保证我会尽最大的努力使她满意。然后，我们又握了握手。

“我们没在更为恶劣的情形下相识，这难道不是件遗憾事吗？”她说。

我说，不错，正是如此。

“再见，”爱斯美说，“我希望战后你回家时，能好好保留你的全部才能。”

程灵素的故事是一个真正悲惨的故事，而金庸对悲惨生活是有很深的了解的，所以他写了程灵素，并且给她安排了惟一正确的结局。程灵素短暂的一生中有两件最重要的事：养成了七心海棠，爱上了胡斐。这两件事是她不幸的根源。而更不幸的，是另外两件事：她长得不美，胡斐爱的不是她。如果她活着，伴随她的是永远的痛苦，为自己的容颜和无望的爱。而当她决意一死为胡斐吸出剧毒时，她把痛苦永远留给了胡斐，而她得到了解脱。那一刻，她所散发出的美是那么凄楚，那么令人感到不安：

> "我师父说中了这三种剧毒，无药可治，因为他只道世上没有一个医生，肯不要自己的性命来救活病人。大哥，他不知我……我会待你这样……"

这是程灵素临终前对胡斐的表白，更是她的自白——这段话，更多的是对她自己说的。这是没有回报的爱在寻求永生。冰雪聪明但容颜稍逊的程灵素只能选择这样的结局，或者说，金庸只能为她安排这样的结局。这难道不是非常悲惨的故事吗？如爱斯美所要的。

《飞狐外传》在金庸作品中的地位大致和《书剑恩仇录》《碧血剑》一个层次，属低端产品，但程灵素却是金庸写得最好的人物之一。造化弄人啊，我曾千百次地为程灵素设想她最美好的人生，那就是她遭遇花满楼。不过，也只能这样想想而已，江湖上的事，十有八九是不如人意的。就让我借用塞林格《献给爱斯美的故事》的结尾来结束我的絮絮私语吧，因为它对我是那样的贴切：

> 你是找了一个疲惫的人来为你写故事呵，爱斯美。而他，总有希望再次度过艰难，好好保存下他的全——保存下他的全——部——才——能。

集体生活

你须冒受罚之险，

但还得照常付款

——希尼

江湖上传言我是一个喜欢集体生活的人。不错，我喜欢在宽敞明亮人气兴旺的大厅吃饭而不是在包厢；我也喜欢和男男女女一起灯红酒绿夜夜笙歌。但是，只有我自己知道，我的本性更喜欢独来独往和离群索居。只是，很久以前的一天，我就明白一个道理：人要生活在人群中。我曾经和清平提起过这句话，他深为赞同。当时是 1990 年吧，我们经历了“革命、青春、爱情这新的三位一体”，而我们时代最优秀的诗人也已弃我们而去。那时我们是在面对生活痛定思痛吗？

江湖上确有一个热爱集体生活的人，不过他不叫王怜花，他的名字叫令狐冲。有一种人天生就喜欢结交朋友，不为什么，只因为天性喜欢，喜欢一见如故，酒到杯干；喜欢呼朋引类，通宵达旦。令狐冲就是这种人，所以他天生属于江湖。因为江湖上什么样的人都有，什么样的事都可能发生，而且，江湖永不寂寞。从华山下来，令狐冲的世界里就不再只是岳不群和岳灵珊了。江湖风波虽恶，江湖中人却是多姿多彩：有采花大盗田伯光，有美貌小尼姑仪琳，有不戒和尚，有风情万千蓝凤凰，有推杯论盏祖千秋，有杀人名医平一指，有潇湘夜雨莫大先生，有狂徒名叫向问天，更狂的一个叫任我行，最狂的叫东方不败，而他却也是最低调的。这些人或正或邪，却都是性情中人，再加上一个重要人物任盈盈，令狐冲和他们在江湖上一一相遇，终于谱成一曲笑傲江湖。一个文采惊艳的女作家说过一句妙语，说看一个男人怎么样，看他的朋友和对手就知道了。令狐冲的妙处在于他的许多对手同时也正是他的朋友。令狐冲，他有怎样的朋友和对手呢?

田伯光是一个在江湖上独来独往、横行无忌的采花大盗。他擒了小尼姑仪琳来到衡阳回雁楼，说的是这样风雅的话："小师父，你有沉鱼落雁之容。这家回雁楼就是为你而开的。咱们上去喝个大醉，大家快活快活罢。"能说出这等语言的采花盗不是一般的采花盗。在回雁楼头，令狐冲为救仪琳，和他边喝边打边聊。大家都不放弃，却都没痛下杀手。其实，应该说是田伯光没有痛下杀手，因为其时令狐冲还没有学独孤九剑，不是田伯光的对手。回雁楼头的那一场“坐斗”，虽然刀光血影，但两人却在斗智斗勇中亦敌亦友了。此时故事才到第四回《坐斗》。当情节进展到第九回《邀客》时，田伯光为不戒和尚所逼，挑着两坛一百三十年的长安谪仙楼美酒上华山来请令狐冲下山去看小尼姑仪琳：

> 田伯光笑道：“我曾听人言道，天下名酒，北为汾酒，南为绍酒。最好的汾酒不在山西而在长安，而长安醇酒，又以当年李太白时时去喝得大醉的谪仙楼为第一。当今之世，除了这两坛酒之外，再没有第三坛了。”令狐冲奇道：“难道谪仙楼的地窖之中，便只剩这两坛了？”田伯光笑道：“我取了这两坛酒后，见地窖中尚有两百余坛，心想长安城中的达官贵人，凡夫俗子，只须腰中有钱，便能上谪仙楼去喝到这样的美酒，又如何能显得华山派令狐大侠的矫矫不群，与众不同？因此上乒乒乓乓，稀里哗啦，地窖中酒香四溢，酒涨及腰……天下只此两坛，这份礼才有点贵重啊，哈哈，哈哈。”

在这里，一种男人之间的，只可意会难以言传的，微妙而饶有情致的氛围出现了。于是：

> 令狐冲道："多谢，多谢。"又喝了一碗，说道："其实田兄将这两坛酒从长安挑上华山，何等辛苦麻烦，别说是天下名酒，纵是两坛清水，令狐冲也见你的情。"

令狐冲这一席话是情境中的经典对答，继续推进那种氛围，于是：

> 田伯光竖起右手拇指，大声道："大丈夫，好汉子。"令狐冲问道："田兄如何称赞小弟？"田伯光道："田某是个无恶不作的淫贼，曾将你砍得重伤，又在华山脚边犯案累累，华山派上下无不想杀之而后快。今日担得酒来，令狐兄却坦然而饮，竟不怕酒中下了毒，也只有如此胸襟的大丈夫，才配喝这天下名酒。"
>
> 令狐冲道："取笑了。小弟与田兄交手两次，深知田兄品行十分不端，但暗中害人之事却不屑为。再说，你武功比我高出甚多，要取我性命，拔刀相砍便是，有何难处？"

至此，那种氛围达到高潮。但是，如果仅此，那田伯光就不是田伯光，而令狐冲也就不是令狐冲了。因此，深解个中奥妙的金庸笔走风生：

田伯光哈哈大笑，说道："令狐兄说得甚是。但你可知这两大坛酒，却不是径直从长安挑上华山的。我挑了这一百斤美酒，到陕北去做了两件案子，又到陕东去做了两件案子，这才上华山来。"令狐冲一惊，心道："却是为何？"略一凝思，便已明白，道："原来田兄不断犯案，故意引开我师父、师娘，以便来见小弟，使的是调虎离山之计。田兄如此不嫌烦劳，不知有何见教？"田伯光笑道："令狐兄且猜上一猜。"

当此时，故人相见的雅致将逝未逝，而江湖的恩怨情仇已露峥嵘。以一种什么样的不同于流俗的方式使这两个矫矫不群的男人在雅致中拔刀，这是金庸此时要解决的问题。

令狐冲道："不猜。"斟了一大碗酒，说道："田兄，你来华山是客，荒山无物奉敬，借花献佛，你喝一碗天下第一美酒。"田伯光道：

> “多谢。”将一碗酒喝干了。令狐冲陪了一碗。两人举着空碗一照，哈哈一笑，一齐放下碗来。令狐冲突然右腿飞出，砰砰两声，将两大坛酒都踢入了深谷，隔了良久，谷底才传上来两声闷响。

现在我们知道金庸为什么之前要让田伯光浓墨重彩地渲染这两坛酒的来之不易和弥足珍贵：是为了令狐冲这一踢。于是以下的推进就是顺理成章的了：

> 田伯光惊道：“令狐兄踢去酒坛，却为什么？”令狐冲道：“你我道不同不相为谋，田伯光，你作恶多端，滥伤无辜，武林之中，人人切齿。令狐冲敬你落落大方，不算是卑鄙猥亵之徒，才跟你喝了三大碗酒。见面之谊，至此而尽。别说两大坛美酒，便是将天下的珍宝都堆在我面前，难道便能买得令狐冲做你的朋友吗？”刷的一声，拔出长剑，叫道：“田伯光，在下今日再领教你快刀高招。”

两人的关系在这瞬间凸显实质，但其间的变化过程是至关重要的。这是“这一个”区别于一般人的关键所在，否则，江湖上就不会有故事流传了。而没有多姿传奇的江湖，那不叫江湖。事实上，对于田伯光和令狐冲来说，事情依然不会这样简单地刀剑解决，而必然要继续斗智斗勇，相互纠缠。所以虽然令狐冲已拔剑，田伯光却不拔刀；令狐冲想脚底抹油，田伯光却比他更快。别看令狐冲上面一番话义正辞严，其实，他本性上喜欢田伯光这样的江湖浪子（所以后来当着岳不群的面，令狐冲也敢放坐以待毙的田伯光一条生路），那只因为他自己也是一个浪子。两人并不想真打，都想找台阶解决各自的难题。

> 田伯光笑道："田某是声名狼藉的采花大盗，令狐兄却是武林中第一正人君子岳先生的得意弟子，自不能和我同流合污。只是既有今日，何必当初？"令狐冲道："甚么叫作既有今日，何必当初？"田伯光笑道："在衡阳回雁楼头，令狐兄和田某曾有同桌共饮之谊。"令狐冲道："令狐冲向来好酒如命，一起喝几杯酒，何足道哉？"田伯光道："在衡山群玉院中，令狐兄和田某曾有同院共嫖之雅。"令狐冲呸的一声，道："其时令狐冲身受重伤，为人所救，暂在群玉院中养伤，怎说得上一个

嫖字？”田伯光道：“可是便是在那群玉院中，令狐兄却和两位如花似玉的少女，曾有同被共眠之乐……你今日对我不客气有什么用？你要维护华山派的清白名声，当时对那两位姑娘就该客气尊重些，却为甚么当着青城派、衡山派、恒山派众英雄之前，和这两个小姑娘大被同床，上下其手，无所不为？哈哈，哈哈。”

就这样，两人的纠缠引出令狐冲学成独孤九剑，江湖因之变色。在令狐冲的集体生活中，田伯光是十分重要的一个人物，而田伯光的命运也因令狐冲而改变。纵观全书，从田伯光到不可不戒，虽然金庸用的是喜剧的路数，但其间的禅意和佛理，却是耐人寻味的。

和田伯光的这种复杂关系，在令狐冲的江湖生涯中，是非常典型的。令狐冲的许多朋友，都是他作为名门正派的掌门师兄所不应该结交的。他们不是江洋大盗、采花淫贼，就是旁门左道、魔教中人。令狐冲和他们结交，在政治上是极其“不正确”的。在少林、武当、五岳剑派这样的主流社会中，“政治上的正确”对于像令狐冲这样风华正茂的年轻人是非常重要的，至少和江湖中人作为立身之本的武功高超一样重要。在这样的背景解读中，我们知道，令狐冲和田伯光惺惺相惜，和向问天一见如故，和蓝凤凰哥哥妹妹，和任盈盈风花雪月，都是非常严重的事情，其中的每一件都足以使他身败名裂。对于一个想在主流社会中不断“进步”的“聪明人”来说，像潇湘夜雨莫大先生这样的主流社会中的边缘人物，都是不应该随便结交的。

但令狐冲生来就不是谨小慎微的人，也没有这方面的机心和常识。他是一个倜傥不羁的性情中人，天性喜欢和那些同是性情中人的人倾盖如故义结金兰，从不顾及出身和背景。他的行为的惯性是率性而为，所以，在五霸岗，他一见素昧平生的江湖豪客们如此情义，便脱口而出这样在“政治上极不正确”的话：

> “众位朋友，令狐冲和各位初见，须当共饮结交。咱们此后有福同享，有难同当，这杯酒，算咱们好朋友大伙儿一齐喝了。”

江湖政客岳不群听到这话就皱起了眉头：“冲儿行事好生鲁莽任性，不顾前，不顾后……他们奸淫烧杀，打家劫舍，你也跟他们有福同享？我正派之士要剿灭这些恶徒，你便跟他们有难同当？”

不错，这正是这样一种典型的思维方式：每说一句话都要瞻前顾后。简单美好的生活就是这样被他们破坏的。这和一个热爱集体生活、喜欢和朋友大碗喝酒大块吃肉的性情中人是格格不入的。所以令狐冲和岳不群是早晚要分道扬镳的。像岳不群那样生活，要隐忍，制怒，处心积虑，才能得逞。得到什么呢？权力，以及主流社会的认可，从而找到一种安全感和慰藉。想一想，人们平时最怕的是什么？是众叛亲离。所以，如果你想像令狐冲那样生活，你就要学会承受被主流社会全面抛弃、众叛亲离时的巨大的空虚。你要先自问一声，你的精神世界是否已强大到能够单枪匹马面对整个社会，面对许许多多名叫岳不群和赵正义的人？即便性情不羁如令狐冲，也有许多拿不起放不下的时候。相比之下，萧峰、萧十一郎和杨过，在这方面倒更为刚烈决绝。只是，令狐冲身上有一种比他们更加热爱生活的美好品质。正是这一点，使令狐冲的形象更接近于一位我们可以和他朝夕相处的情趣盎然的好朋友：无拘无束，亲切自然，于细微的创造性和宽广的包容性中触摸到生活的美。

我想说的是，我确实也喜欢和令狐冲这样的人在一起的集体生活。这是这样一种生活："当我们回首往事时，不会因为碌碌无为而感到羞愧"，因为即便我们在一起待着什么都没干，我们也可以大声地说，我生活过，有过不可重复的过去的好时光。

令狐冲没读过多少书，金庸要强调的是，是令狐冲的天性成就了他。联想一下，萧峰，杨过，这些金庸自己喜爱的性情中人都没怎么读过书；而那些读过书的人，像陈家洛、陈近南，包括杨道，都是精神懦弱之人（只有一个谢逊拿得起放得下）。此中是有深意的吧。除了天性，令狐冲的那些对手和朋友，那些多姿多彩如田伯光、蓝凤凰、任我行这样的人，他们也成就了令狐冲。没有他们，令狐冲是无法完成自己的。谁能想象一个人的江湖是什么样吗?

对生活的理解因人而异，但总有一些智者会在不经意间泄露天机。比如博尔赫斯，他在那篇可怕的《沙之书》的结尾写道："我想起在什么地方读到过：隐藏一片树叶的最好的地方是森林。退休之前，我在墨西哥街阿根廷国立图书馆工作，那里藏书达九十万册。有一天，我到那里去，躲过了一个管理人员，不去注意门多高多远，就让这本沙之书消失在地下书库的一个尘封的书架里了。"比如本雅明，他在《发达资本主义时代的抒情诗人》中说："波德莱尔喜欢孤独，但他喜欢的是稠人广坐中的孤独。"我想，这可能可以解释我为什么喜欢在大堂吃饭而不喜欢在包厢，为什么江湖上传言我喜欢集体生活。就让我用沃尔科特的"请坐。请享用你的一生"来结束我的集体生活吧:

这一天终将来到
那时你将欢欢喜喜
迎接你自己光临
你的家门、你的镜中，
与你互致欢迎的笑容

说：请坐。请吃吧。
你会重新爱这个曾是你自己的陌生人。
上酒。上面包。把你的心
交还给它自己，交还给这终生爱你的
陌生人，你为了另一个人而
忘了他，他却还记着你。

从书架上取下情书、
照片、绝望的短笺，
从镜里削掉你的形象。
请坐。请享用你的一生。

因父之名

我在炉火旁坐下，“没下雪吗？”我问，

“这种冷的天气，下雪反而好过点。”

大姐自书房中走出来：“三少爷来了吗？”

我装腔作势地站起来：

“三少爷来了，他的剑没来。”

——亦舒《玫瑰的故事》第四部《玫瑰再见》

有一阵我把能找到的亦舒都读了。为什么狂读亦舒，那是另一个故事，不在这里说了。单说亦舒的小说，有三部是不错的：《喜宝》《风信子》和《玫瑰的故事》。有一天我和吴晓东谈起亦舒的书写作派，吴兄一语惊醒我梦中人：

“知道亦舒的写法学谁吗？古龙。”

不错，单句成段，快捷推进，正是古龙笔法，只是加了一份商业社会中受过教育的女人的刻薄和古怪。这种叙事上的快节奏的推进和跳转，正是一种经典的商业写作技巧。有一阵北京一个叫王朔的人爱说所谓“写作的速度感”，其实就是这种手艺。如果你熟读古龙，看到上面那段文字，不由你不佩服亦舒的幽默感，也不由你不想起那个叫谢晓峰的人。

谢晓峰，很平凡的三个字，但这三个字成为翠云峰下绿水湖前神剑山庄谢家第三个男孩的名字时，就变成了“三少爷”这三个字了。而这三个字是和一个“剑”不能分离的，所以这个故事就叫《三少爷的剑》。

我不知道别人怎么看，在我看来，这不是一个轻松的故事。这本书说的是，对一个人来说，最难的是有关内心的问题：一颗芜杂纷繁的心如何找到安宁，一颗晦暗的心如何走上大道。与此相关的，是道路问题，究竟哪条路才是“我”的修远之路：纳尔齐斯还是歌尔德蒙，思特里克兰德还是莱雷，毕巧林还是道连·葛雷……谢晓峰和他们每个人一样，都是天才，或者说，都是选民。但是，这既是父的恩宠，也是父的考验。

神剑山庄的创始人叫谢天，他应该是白手起家吧。两百年后，山庄传到了谢晓峰手里。他是谢王孙的第三个儿子，所以江湖上称他为谢三少爷；因为谢三少爷的绝代风华无人可及，所以江湖上将“谢”字也省了，就叫他三少爷。

> 这个人一生下来，就仿佛带来了上天诸神所有的祝福和荣宠。他生下来后，所得到的光荣与宠爱，更没有人比得上。他是江湖中久不出世的剑客，也是武林中公认的才子。

三少爷十三岁时就击败了华山门下的第一剑客华少坤，不到三十岁吧，就无敌于天下了。他的对手很少很少，也许只有燕十三一个人，不是“夺命十三剑”燕十三，而是变化出了第十四剑和十五剑的燕十三。他的朋友也不会多，铁开诚，老苗子，娃娃，还有燕十三吧（因为按照古龙的惯例，最好的对手通常就是最好的朋友）。而他真正的敌人也只有一个，那就是他自己。最懂他的，是他的父亲谢王孙。在书中，谢王孙出场早于谢晓峰，是在燕十三到神剑山庄找谢晓峰一决高低时见到的：

> 他穿得很朴素，一袭青衫，布鞋白袜。看起来他只不过是个很平凡的人，就这么样随随便便地走到这绿水湖畔，看见这残秋的山光水色，就这么随随便便地站下来。

也许就因为他太平凡，平凡得就像是这残秋的暮色，所以燕十三才看见了他。

燕十三看见他，也正如看见这秋夕暮色一样，心里只会感觉到很平静，很舒服，很美，绝不会有一点点惊诧和恐惧。

谢王孙的平凡形象是谢晓峰的反衬，正如他对自我的评价也是谢晓峰的反衬一样：

谢王孙道："自从老人家仙去后，这里已经历了许多代，虽没有一个人能比得上他老人家，但是谢家每一代的子孙，都曾经有过一段辉煌的历史，做过些惊天动地的事。"

他笑了笑，接着说："只有我，我不过是个很平凡的人，本不配做谢家的子孙。"

他笑得还是那么平静，那么恬适："就因为我知道自己平凡无能，所以我反而能享受一种平凡安静的生活。"

而谢晓峰生来不平凡，并且他知道自己不平凡，一定负有某种重大的使命，因此他从小就自觉地文武兼修，他的天才使他很快达到了江湖的巅峰。

> “天上地下，只有这样独一无二的一个人，独一无二的一把剑，只有他的剑法才真是独步古今，天下无双。”

但是，就在他到达巅峰之后（三十岁后），他遭遇了平生最大的难题——内心的难题。为了寻求解决之道，他在家里摆下了自己的灵床，自己则变身为“没用的阿吉”，放弃了武功，混迹于江湖的最底层，饥寒交迫，逆来顺受。这是逃避，也是救赎。而逃避和救赎，都只是内心挣扎的外化和对道路的探寻。

然而苦行的道路也难以与世无争。为了老苗子和娃娃，“没用的阿吉”只有出手，而他一出手，就变回三少爷了。此时的问题是：

> 究竟谁更快乐？
> 是阿吉？
> 还是谢晓峰？

在此后的江湖路上，谢晓峰在爱恨情仇的煎熬中，在生与死的剃刀边缘，继续着对道路的寻求。第一次的领悟，是在他和铁开诚死里逃生后的一番对答中。他告诉铁开诚，在他自知必死的那一瞬间，想到的却不是亲人和往事，而是那一剑——第十四剑：

谢晓峰道："本来我的确没把握能破那一剑，可是在那一瞬间，我心里却好像忽然有道闪电击过，那一剑本来虽然的确是无坚不摧无懈可击，可是被这道闪电一击，立刻就变了。"

铁开诚道："变得怎么样？"

谢晓峰道："变得很可笑。"

第二次的领悟是在他身中剧毒坐以待毙时与简传学的一番对答：

简传学慢慢接着道："因为我知道你无论在任何情况下，都绝不会认输的，因为谢家的三少爷只要还活着，就绝不能败在别人的剑下。"

谢晓峰沉思着，终于慢慢地笑了笑，道："你说的不错，我可以死，却绝不能败在别人的剑下。"

他遥望远方，长长吐口气，道："因为我是谢晓峰。"

第三次领悟，是在他和燕十三生死决战后。当燕十三使出"夺命十五剑"时，谢晓峰知道自己必死无疑。

然而：

> 他没有杀谢晓峰，却杀死了自己。
>
> 可是在剑锋割断他咽喉的那一瞬间，他的眼睛里已不再有恐惧。在那一瞬间，他的眼神忽然变得清澈而透明。
>
> 充满了幸福和平静。

守着燕十三的尸体，在漫漫长夜中，谢晓峰思考着燕十三为什么这么做。当晨曦来临时：

> 风吹树叶，阳光跳动不停，又仿佛是那一剑神奇的震动。
>
> 谢晓峰疲惫失神的眼睛里忽然有了光，忽然长长吐出口气，喃喃道："我明白了，我明白了……"

这个历程就像是"见山还是山，见水还是水"的寓言。这个历程终于遇合大道。最后的认识出自铁开诚之口：

> "只要你一旦做了谢晓峰，就永远是谢晓峰。"

所以，虽然谢王孙知道他的苦痛，却无法替代他解决。三少爷的路，只能他自己去走。只有他自己能让自己解脱。父的恩宠和父的考验都只能独自承受。

红字

无论是当初

还是现在，我拒绝问自己是否幸福

——臧棣《一个爱中的女人写给上帝的三十六封信》

这一篇，我要写的是段正淳和他的两个女儿阿朱、阿紫，他们各自一言难尽的情事和令人心悸的结局。他们的故事，像一曲令人掩卷叹息的悲歌，其深长的寓意，令人深感不安。因为，他们的身上，有我们的影子；他们身陷其中不能自拔的情欲和命运，也是我们的宿命。因为，许多时候，他们就是我们。《天龙八部》，一篇读罢头飞雪。

段正淳的一生是和刀白凤、秦红棉、阮星竹、甘宝宝、马夫人、王夫人这一系列女人的名字连在一起的。他一生最重要的事业是爱情。不能因为多有女人就说他的爱情浅薄，他其实是发自内心地爱每一个女人，愿意为她们中的每一个去死。而且，最重要的是，他尊重她们，是一个真正的绅士，面对尴尬局面和危难时刻，总是坦诚相护他的女人，而不顾及所谓的面子。

> 王夫人道："这姓段的小子的臭脾气，我还有不明白的？别人硬逼他答允甚么，便钢刀架在脖子上，他也是宁死不屈，可是一碰到他心爱的女人啊，他就甚么都答允了，连自己性命也不要了。"

这一点和慕容复形成了鲜明的对比，也让我们更加了解像慕容复那样的人缺乏人之为人的最基本的人性。考虑到中国男人面对女人和爱情大多表现得像慕容复那样，段正淳的形象就更显难能可贵。段正淳和慕容复是有可比性的，他们都是血统高贵的王子，都受过良好的教育，也都身负重任。但面对人性最基本的考验——对真挚情感是否珍重和尊敬——时，段正淳表现了人性的应有之义，而慕容复则玷污了人的称谓。江山和美人，霸业和道义，不同的人自有不同的取舍，但像慕容复那样为人，即便一统山河南面为王，又有什么幸福可言呢？

而像段正淳那样，即便为情所困粉身碎骨，那也足以心安。因为人生确有一些不容否认的最基本的价值和原则。

所以，我必须说，段正淳的风流不是他的罪孽。段正淳是那种在所有女人身上找一个女人的男人。他的罪孽是原罪：贪恋于多，永不餍足。他最终因无法保护他的女人们而从容自尽，那不是他的报应，而是他性情的必然而已。他的报应，落在了他和阮星竹所生的两个私生女阿朱和阿紫这一对亲姐妹身上。

> 天上长长的一道闪电掠过，萧峰眼前一亮，只见她肩头肤光胜雪，却刺着一个殷红如血的红字："段"。

这是阿朱身上的红字，她还有一个金锁片，写着"天上星，亮晶晶，永灿烂，长安宁"。阿紫的肩上有一个同样的红字"段"，她的金锁片上写着"湖边竹，盈盈绿，报平安，多喜乐"。

阿朱和阿紫先后爱上了萧峰。萧峰毕生只爱阿朱一人。阿朱死在了萧峰手里。萧峰自尽后，阿紫抱着萧峰跳下了万丈深渊。其间的悲惨故事，令我不忍卒述。而这一切悲剧的起源，就是她们身上的红字。臧棣的《一个爱中的女人写给上帝的三十六封信》写到了海丝特，那个身上烙着红字的女人，以及爱玛和安娜，那些身怀原罪的女人。

> 我时常会
> 直截了当地觉得有罪，但从未想到要死
> 我不是天堂的姐姐，也不是地狱的妹妹

但是，阿朱和阿紫，她们成了地狱的妹妹。《塞上牛羊空许约》那一章，每次都让我潸然泪下。在阿朱心里决意要易容成父亲段正淳去赴萧峰的生死约前，有一段令人心碎的对白：

> 阿朱叹了口气，道："我好难过，大哥，我真是没法子。我不能陪你了。我很想陪着你，和你在一起，真不想和你分开……你……你一个人这么寂寞孤单，我对你不起。"
>
> 萧峰听她说来柔情深至，心下感动，握住她手，说道："咱们只分开这一会儿，又有什么要紧？阿朱，你待我真好，你的恩情我不知怎样报答才是。"
>
> 阿朱道："不是分开一会儿，我觉得会很久很久。大哥，我离开了你，你会孤零零的，

我也是孤零零的。最好你立刻带我到雁门关外，咱们便这么牧牛放羊去。段正淳的怨仇，再过一年来报不成吗？让我先陪你一年。”

悲惨在于，萧峰完全听不懂阿朱说的话是语带双关——这其实就是阿朱的诀别之言。当大错终于铸成后，他们又有一番更令人心碎的对白：

阿朱道：“不，不，我要跟你说个清楚，再迟得一会，就来不及了。大哥，你得听我说完。”萧峰不忍违逆她的意思，只得道：“好，我听你说完，可是你别太费神。”阿朱微微一笑，道：“大哥，你真好，什么事都就着我，这么宠我，如何得了？”萧峰道：“以后我更要宠你一百倍，一千倍。”

柔情缱绻，但这是永别前的柔情缱绻。没有萧峰说的以后了。阿朱死了，死在萧峰怀里。

他抱着阿朱，呆呆地坐在堂前，从早晨坐到午间，从午间又坐到了傍晚。这时早已雨过天青，淡淡斜阳，照在他和阿朱的身上。

这一刻，金庸是如此的淡淡着笔，笔致和天气一样，已从之前的狂风暴雨电闪雷鸣变为雨过天青淡淡斜阳了。而此时愈是平淡，愈加令人柔肠寸断。这一刻，萧峰在想什么呢？是他带阿朱去聚贤庄找薛神医给阿朱看病时的壮怀激烈，还是雁门绝壁上阿朱的清脆声音："乔大爷，你再打下去，这座山峰也要给你击倒了。"那时的阿朱，"倚树而立，身穿淡红衫子，嘴角边带着微笑"。萧峰这时所想的，要等到多年后和耶律洪基谈起误杀阿朱这件平生第一恨事时才在心里默默说出："我既误杀阿朱，此生终不再娶。阿朱就是阿朱，四海列国，千秋万载，就只有一个阿朱。岂是一千个、一万个汉人美女所能代替得了的？"

就这样，阿朱走了，却也永驻萧郎心中了。命运轮回到了阿紫身上。就在萧峰和耶律洪基说完上面那些话回到他的南院大王王府时，单恋萧峰多年的阿紫终于向他敞露心扉：

"我早知在你心中，一千个我也及不上她，一万个活着的阿紫，也及不上一个不在人世的阿朱……你答应姐姐照顾我，你只照顾我有饭吃，有衣穿，可是……可是你几时照顾到我的心事了？你从来就不理会我心中想甚么……我恨不得那日就给你一掌打死了，你也就会像想念阿朱一般地念着我……在那小桥边的大雷雨之夜，我见你打死我姐姐，哭得这么伤心，我心中就非常非常喜欢你。我心中说：‘你不用这么难受。你没了阿朱，我也会像阿朱这样，真心真意地待你好。’我打定了主意，我一辈子要跟着你。可是你又偏偏不许，于是我心中说：‘好罢，你不许我跟着你，那么我便将你弄得残废了，由我摆布，叫你一辈子跟着我。’”萧峰摇了摇头，说道：“这些旧事，那也不用提了。”

阿紫叫道：“怎么是旧事？在我心里，就永远和今天的事一样新鲜。我又不是没跟你说过，你就从来不把我放在心上。”

萧峰轻轻抚摸阿紫的秀发，低声道：“……我这一生只喜欢过一个女子，那就是你姐姐……我关怀你，全是为了阿朱。”

阿紫又气又恼，突然伸起手来，啪的一声，重重打了他一记巴掌。萧峰若要闪避，这一掌如何能击到他脸上？只是见阿紫气得脸色惨白，全身发颤，目光中流露出凄苦之色，看了好生难受，终于不忍避开她这一掌。

阿紫一掌打过，好生后悔，叫道："姐夫，是我不好，你……你打还我，打还我。"

这只是又一出悲剧的铺垫。阿紫对于萧峰的感情，就像游坦之对阿紫的感情。游坦之心甘情愿把自己的眼睛献给阿紫，阿紫也会这样对待萧峰："姐夫，你的眼睛若盲了，我也心甘情愿将我的好眼睛换给你。"而萧峰对阿紫的感觉，本质上和阿紫对游坦之的感觉是一样的：不爱，所以并不将对方的感情放在心上，也不会为对方而改变自己的人生。

在这样的铺垫中，金庸将全书导向了最后的悲剧，那震撼人心的悲惨一幕。当萧峰自尽后，阿紫排开众人，抱起萧郎："姐夫，你现在才真的乖了，我抱着你，你也不推开我。是啊，要这样才好。"这时游坦之也赶到了。

阿紫怒道："我现在和姐夫在一起，此后永远不会分离了。你给我走得远远的，我再也不要见你。"

游坦之伤心欲绝，道："你……你再也不要见我……"

阿紫高声道："啊，是了，我的眼睛是你给我的，姐夫说我欠了你的恩情，要我好好待你。我可偏不喜欢。"蓦地里右手伸出，往自己眼中一插，竟然将两颗眼珠子挖了出来，用力向游坦之掷去，叫道："还你，还你，从今以后，我再也不欠你甚么了。免得姐夫老是逼我，要我跟你在一起。"

阿紫抱着萧峰的尸身，柔声说道："姐夫，咱们再也不欠别人甚么了。以前我用毒针射你，便是要你永远和我在一起，今日总算如了我的心愿。"说着抱着萧峰，迈步便走。

每一次读这一段，心酸和痛楚就会不由自主地涌上心头，一定要强忍着才能噙住泪水。而冷静的金庸，此时仍能高超地转换视角做一番白描：

群豪见她眼眶中鲜血流出，掠过她雪白的脸庞，人人心下惊怖，见她走来，便都让开了几步。只见她笔直向前走去，渐渐走近山边的深谷，众人都叫了起来："停步，停步。前面是深谷。"

这一段，和前面所引的萧峰抱着阿朱的尸身那一段，是相称的。和雨过天青一样，这是喧哗即将归于寂静的前奏。紧接着，阿紫抱着萧郎跳下了万丈深谷，这是可以预见的。游坦之跟着冲向了深谷，这也是可以预见的。悲剧以死亡的方式结束了。这样的悲剧，也只能用死亡来结束。

这时轮到寂静来说话了，如臧棣在《一个爱中的女人写给上帝的三十六封信》中所写：

寂静像誓言的种籽，我和它
埋在一起：与命运联姻的孤独是它的沃土
我赤裸着深入寂静的黑夜
用这闪耀的方式怀念同样赤裸的事体

我的双唇如花绽放：开始时
我以为这只可能是我们俩人的秘密
他把夜晚变成远方的春天
把我变成花园深处轻盈的芳香

而身上刺着鲜红“段”字的女人和身上烙着鲜红“A”字的女人，有着相同的命运吗？

现在我走在新英格兰的土地上
我怒放，我飘飞，并在风的婚床上歇息
一片教堂的阴影，而非人们所说的生活
像网一样披挂在我的双肩

脚穿海丝特的步鞋，踏着落叶的谣曲
我消失，我闪现，像生与死之间多出的
一个亲吻。噢，时光多么深邃
这记忆一直把我深埋另一个人的胸怀

命运的安排在于：霍桑和金庸，在不同的时代和不同的国度，用不同的语言，写下了红字的故事。他们又经由臧棣和王怜花的解读和复述，成为另一个崭新的故事。而罪与罚，终究不过是命运。只是，在短暂的人生历程中，备受煎熬的身躯难于承受太重的红字。因为：

当死亡敲响那扇门时
我已是人间惟一的遗物

永不悲伤　永不害怕

在这个一切都如同梦幻的世界上，
永存不逝，那一定会深自悔恨。
世上的万物，世上的人们以及
人们的心灵，都要消失，因为
它们的美有一部分
本来就由这不幸所形成。

——玛格丽特·尤瑟纳尔

我的书架上有许多本昔日的友人们送的书，不是他们写的书，是他们知道我喜爱而送我的书，比如臧棣送我的《九故事》，寿平送我的 *A FAREWELL TO ARMS*，吴晓东送我的《博尔赫斯短篇小说集》、*THE MOON AND SIXPENCE* 和《东方奇观》。晓东喜欢在送我的书的扉页上引用一段书的作者的话以志纪念，比如在《博尔赫斯短篇小说集》的扉页他引用的是书中的一个短篇《不死的人》中的一句：“他们断定一切事业都是徒劳，决定生活在思想中，生活在纯粹的沉思冥想中。”在 *THE MOON AND SIXPENCE* 的扉页他引用的是老毛姆书中的一段：“It was a vision of the beginning of the world , the Garden of Eden , with Adam and Eve , it was a hymn to the beauty of the human form.”在《东方奇观》的扉页，他引用的是尤瑟纳尔的这一句：“在这个一切都如同梦幻的世界上，永存不逝，那一定会深自悔恨。世上的万物，世上的人们以及人们的心灵，都要消失，因为它们的美有一部分本来就由这不幸所形成。”

尤瑟纳尔写下这句话的本意，用我的话说叫“不求不朽”。奇妙的是世事难料，她本人却于 1980 年因杰出的文学成就而当选为法兰西学院成立三百多年来的第一位女院士，成为四十个“不朽者”群中的第一个“女不朽者”。不过今天我不是要在这里讨论尤瑟纳尔这位我惟一敬佩的女作家，而是要借她这句话来说一说古龙的《七种武器》：“七个不平凡的人，七种不可思议的武器，七段完全独立的故事。”

天上白玉京，

五楼十二城。

仙人抚我顶，

结发受长生。

白玉京并不在天上，在马上。

他的马鞍已经很陈旧，他的靴子和剑鞘同样陈旧……

但他的生活，却永远是新鲜而生动的。

他从来预料不到在下一阶段旅途中，会发生什么样的事，会遇到什么样的人。

李白的这四句诗是我所爱，古龙引它作第一个故事《长生剑》的扉页寄语，已于我心有戚戚焉。而他竟然想到用“白玉京”这三个字当作这个故事的主人公的名字，而白玉京手里的那把剑就叫“长生剑”，其想象力颇令我叹为观止。这是一个很短也很简单的故事，古龙很快就讲完了这个故事，结束时，古龙是这样收尾的：

这就是我说的第一个故事，第一种武器。

这故事给我们的教训是——无论多锋利的剑，也比不上那动人的一笑。

所以我说的第一种武器，并不是剑，而是

笑，只有笑才能真的征服人心。

其后的六个故事古龙都用大体相同的方法收尾，依次如下——

第二个故事《孔雀翎》：

这故事也给了我们一个教训。

真正的胜利，并不是你能用武器争取的，那一定要用你的信心。

无论多可怕的武器，也比不上人类的信心。

所以我说的第二种武器，并不是孔雀翎，而是信心。

第三个故事《碧玉刀》：

所以我说的第三种武器，并不是碧玉七星刀，而是诚实。

只有诚实的人，才会有这样的运气。

段玉的运气好，就因为他没有骗过一个人，也没有骗过一次人——尤其是在赌钱的时候。

所以他能击败青龙会，并不是因为他的碧玉七星刀，而是因为他的诚实。

第四个故事《多情环》：

> 第四种武器，是一种很奇特的武器，它赋予人感情色彩，比碧玉刀还凝重，这就是多情环。但它也不是最犀利的武器，比它更犀利的是“恩怨，仇恨”，快意恩仇才是最令人致命的。

从第五个故事《离别钩》开始，古龙换了一种说法，不用上面那种句式了。关于《离别钩》，他在结尾处说了这两句话：“离别是为了相聚，只要能相聚，无论多痛苦的离别都可以忍受”和“骄者必败，这句话无论任何人都应该永远记在心里”。

第六个故事《霸王枪》，古龙说的是“勇气”和“爱”。在第七个故事《拳头》的结尾，古龙写道：

> “朋友”。
>
> 多么平凡的两个字，多么伟大的两个字。
>
> 对这两个字，朱云最后下了结论。
>
> “现在我才知道，无论多高深的武功，也比不上真正的友情。”

这七个故事如果单独成篇，都是很一般的作品；但当它们放在一起组成一部书时，就显现了一种说不出的意蕴，像青橄榄，平淡中回味无穷；又像青草，更行更远还生。我的许多朋友和我一样，特别钟爱《七种武器》，却又很难说出是为什么，颇有些“妙处难与君说”的味道。

如果一定要说点什么，我以为除了古龙在这部书的书写风格上的明亮清澈外，他对人性所寄予的信心是关键所在。笑容，信心，诚实，恩情，勇气，爱和友情，这人性中最美好的七种元素，带给我们慰藉和力量。七个故事的主人公，都不是武功最强的人，但他们凭着这人性中最美好的七种元素，战胜了对手，也战胜了自我。这七种元素，才是最有力的七种武器。从书中，我感受到了成熟，但不沉重；我感受到了年轻，但很沉着；我感受到了明亮和轻快，感受到了优雅和勇敢；我感受到了美和希望。对我们来说，还有什么比美和希望更重要呢？

我想我多少说出了点什么。尤瑟纳尔和古龙以不同的方式给予我相同的启示：永不悲伤，永不害怕。“因为它们的美有一部分本来就由这不幸所形成”，而我们因古龙的《七种武器》拥有了美和希望。

此刻我还想起了天才的海子，他早在 1984 年年仅二十岁时写就的短诗《自画像》像镜子一样，正照亮我，给我力量：

镜子是摆在桌上的
一只碗
我的脸
是碗中的土豆
嘿，从地里长出了
这些温暖的骨头

千金散尽

尽人皆知的结局并不令我难堪

或许我临死前与嬴政的对话曾让历史失色

带着嘲弄的口吻，秦王说："谢谢你的剑术。"

"不，"我纠正道，"还是感谢我的灵魂吧。"

——臧棣《咏荆轲》

汉语的微妙之处经常难与君说——所谓只可意会不可言传。比如"快意恩仇"，其实主要讲"仇"字；"江湖恩怨"，主要讲"怨"字。仇和怨，这两个字，是古金小说谋篇布局的不二法门，几乎没有一篇离得开这两个字。说到恩仇，我就会想到傅红雪；说到恩怨，我就会想到杨过。他们两人的命运，都因他们的出生而被注定——出生给他们带来的就是仇和怨。对于常人来说，像他们那样的一生，很快就会因仇怨而毁灭。但上苍在给他们那样的出生时，也给了他们盖世的才华和天分，因此他们的一生就成为和自己与生俱来的命运进行搏斗并寻求解脱的历程。

很难说这是上苍的一种平衡还是更残酷的天意，但江湖却因此而多姿多彩。怨怒，仇恨，天赋，挣扎，不屈和刻骨铭心的际遇，使他们宁愿选择和整个世界为敌。当他们从叛逆者最终走向终结者时，和历史上所有那些走遍生活的边缘道路的生活烈士一样，他们对自我和人性、死亡和梦想，都会留下远远深于常人的理解和感受。臧棣的《咏荆轲》对此有着深刻的表现：

如果人们以梦到死亡的次数
来推选国王的话，我当之无愧
我的灵魂喜欢说：不。从我嘴里说出的
这个字几乎可以排列到天边
也许我有点自负，我的使命
就是把被怀疑的一切压缩成可爱的深渊
的确，舞刀弄剑使我对人生有了不同的感觉
我已习惯于让历史尊重那致命的一击

但我更为倾心的不是血能染红什么
而是在宁静的夜晚：眨动的星光

神秘的迹象，为茅屋里飘摇的烛火所怀念
我为不止我一个人有这样的想法而举杯

黑暗在飘飞：这个冬天惟一的
一场大雪正被急着运往春暖花开
加工成耕田人的希望。而像我这样的酗酒者
则会紧锁眉头，幻想着怎样把人的一生

焊入壮丽的瞬间。借着酒劲
我察觉到有人喜欢黑，有人酷爱白
还有人迷恋聪明，诚实的百分比
流言和谎言像两头石狮，守卫人性的拱门

在傅红雪和杨过身上，比恨更令人颤栗的，是他们的爱。傅红雪的爱给了翠浓，一个妓女；杨过的爱给了小龙女，一个他尊称为姑姑的女人。当一个人因自己的身世和心性而情愿选择与全世界为敌时，承受他的爱情的那个女人实际上也就承受了整个世界的重压。这样的爱有常人不能承受之重。此时，惟有岁月才能将烈火化作流水，像叶开和傅红雪时代的阿飞和荆无命——百炼钢化绕指柔了。岁月流逝，当傅红雪最终从如意大师那里理解到“安忍不动如大地，静虑深密如秘藏”的真谛时，他不仅战胜了公子羽，而且也战胜了自己，于是他回到了“一间寂寞的小屋，一个寂寞的女人”身边。当杨过给郭襄过那个不平凡的生日时，他的心也已充满爱意，他已原谅了那些曾伤害过他的人，不再与谁为敌了。他的心已平静——这样的境界，不是黄蓉那种只有一些小聪明而没有智慧的女人所能理解的了。像傅红雪和杨过这样的男人，必然会像臧棣的荆轲一样思考自己的一生：

岁月流逝，直指苍穹，时间之树令人晕眩
镜子的深处：光阴的叶子纷纷飘落
却没有一片想到要遮住我的冲动
难道我的剑影像一道历史的皱纹

我暗恋着不朽；并知道选择的奥秘
只涉及有和无，而同多和少无关
我承认我一生最大的过错在于
对青春,这惟一的知识,忍不住说过“再来一回”

就像那些动人的女子在黑暗中对我所说的
黑暗在飘飞：仰望星空从不会
让我萌生从上面掉下来的念头。惟有奇思妙想
使我的武艺出神入化。但即便如此

出生入死也不是我的本意
死太像一种拯救，太像必要的善
当人类的权势频繁代替命运的力量
把它赐给我们大家时：我的厌恶重复人的觉悟

当傅红雪最终明白应该报仇的人是叶开而不是他时，当杨过最终解开与郭家的恩怨时，“命运的力量”似乎要演绎一场喜剧了，但主角却挣脱了命运的羁绊，深深认识了自我，像他们的前辈荆轲在刺秦功亏一篑后的思考：

我不记得他们是如何把我弄出酒馆的
那位英俊的太子的请求并不诱人
我之所以答应，完全是考虑到不能
让平庸来玷污这样一次用剑安慰历史的机会

尽人皆知的结局并不令我难堪
或许我临死前与嬴政的对话曾让历史失色
带着嘲弄的口吻，秦王说：“谢谢你的剑术。”
“不，”我纠正道，“还是感谢我的灵魂吧。”

臧棣的这首诗有一个副标题“为一九九一年秋天的死亡和梦想而作，或纪念戈麦”。这应该是用笔安慰历史，祭奠友人吧。

不知道为什么，我一直有一个很武断的联想，我觉得傅红雪的身上有古龙的影子，而杨过的身上也闪现着金庸内心的孤傲。才华与命运是一个永恒的话题吧。此时此刻，我只愿一生千金散尽，如《吉檀迦利》所说：“在断念屏欲之中，我不需要拯救。在万千欢愉的约束里我感到了自由的拥抱。”

尘土荣华　昔晦今明

有何胜利可言？挺住意味着一切

——里尔克

这是兵器谱的最后一章了。兵器谱的前三篇，写的都是和尚：无花，无名老僧，老实和尚，虚竹和不可不戒，在这最后一章，我要写的，是一个曾经当过和尚的人——当然，做和尚只是他不可思议的传奇生涯中短暂的一页，在他当和尚时，他的法号叫晦明。他在少林寺出家时，大约十三岁左右，是由他师兄晦聪禅师剃度的，偈曰："少林素壁，不以为碍。代帝出家，不以为泰。尘土荣华，昔晦今明。不去不来，何损何增。"当时，晦聪和他两人是少林寺辈分最高的和尚，因此也可能是当时江湖上辈分最高的和尚之一。

当和尚之前，他是：扬州丽春院一个妓女的儿子，他的父亲可能是汉、满、蒙、回和藏人中的一个；一个酷爱赌博和精通赌术的小混混小老千，初出江湖时有个外号叫小白龙；康熙朝（乃至历朝）惟一未被阉割的小太监小桂子，尚膳司副总管太监；天地会青木堂香主，天地会总舵主陈近南的关门弟子；御前侍卫副总管；神龙教白龙使，并由洪教主和洪夫人亲授英雄三招和美人三招；骁骑营正黄旗副都统。当和尚之后，他还是：九难尼姑，也就是大明长公主的徒弟；大清国一等子爵；大清国建宁公主的奸夫和老公；俄罗斯女皇的中国情人；《尼布楚条约》的缔结者；李自成和陈圆圆的女婿；大清国抚远大将军；大清国鹿鼎公。他当着大清的大官大肆敲诈勒索，干着反清复明的副业也算人在江湖，想着开丽春院连锁店做行业领袖扬眉吐气，抱着七个美女老婆踌躇满志意犹未尽。

他当和尚的时间大约只有半年不到，但这是他一生的诸多可能性中不可或缺的一段。本质上，他是一个罕见的禅宗高手。关于这一点，已有江湖高手长发遮面之贞子的帖子论述在先，兹引如下：

> 世尊拈花，迦叶微笑，禅宗一门就是这么创立的。佛教有很多门派，惟有禅宗讲究不立文字。但真正悟到其中妙处的并不多，中华禅

宗最早的发祥地少林寺，也要盖什么藏经楼，
可见他们中的大多数还是悟不到禅家要诀的。

三江对禅的一个归纳特别有道理，那就是禅宗是佛门中懒人的乐园，佛界讲的是极乐世界，天天勤修苦思，怎么去品味佛学的乐趣？怎么会极乐？所以做苦行僧，劳心劳力，是跟佛陀的宏愿南辕北辙的。

自达摩圆寂、慧能出走之后，少林寺的禅法没有太大的进步，关键是缺少一个既有慧根又有缘法之人，不过很幸运，曾经来过一个韦小宝，为禅宗宝刹增光添彩。

韦小宝生来就是与禅有缘的人，他的有利条件：一是不认识字，不会迷乱在文字写就的经书里，正符合禅宗不立文字的宝训；二是聪明伶俐，脑筋常能急转弯儿，也就是有所谓的慧根；三是机遇好，恰好进了少林寺做和尚；四是率性而行，不拘一格，只有不拘泥小事的人，才能在更高的层次上领悟真理。

其实还应加上一条：不会武功，因此碰上强敌只有束手待毙一种选择。而这在晦聪这样的高僧看来，却是："师弟，你定力当真高强，外逆横来，不见不理。《大宝积经》云：'如人在荆棘，不动即刺不伤。妄心不起，恒处寂灭之乐。一会妄心才动，即被诸有刺伤。'故经云：'有心皆苦，无心即乐。'师弟年纪轻轻，禅定修为，

竟已达此‘时时无心，刻刻不动’的极高境界，实是宿根深厚，大智大慧。”他们的老师侄，武功高强的澄观于此更是赞叹不已。金庸写道：

澄观更加佩服得五体投地，赞道：“《金刚经》有云：‘无我相，无人相，无众生相，无寿者相。’晦明师叔竟已修到了这境界，他日自必得证阿耨多罗三藐三菩提。”

勤修苦练而始终不得禅悟的澄观是韦小宝的绝妙的陪衬人。“他横由他横，清风抚山岗；他狠由他狠，明月照大江。”这等境界对澄观来说可谓孜孜以求，却又只能是高山仰止；而对于韦小宝来说，却是手到擒来全不费功夫。造化的安排是如此的奇妙，世事又岂能逆料？

所以长发遮面之贞子偈曰：

噫！
万卷经书皆无物，
不需文字大道宏。
青灯空笑修行苦，
何若潇洒鹿鼎公？

我一贯的看法是，金庸写得最好的，就是《鹿鼎记》。《鹿鼎记》以下，依次是《天龙八部》《笑傲江湖》《倚天屠龙记》。所以，金庸写完《鹿鼎记》就金盆洗手、退隐江湖了，因为不可能写出更好的作品来了。所以，智珠在握如金庸者，自然和他所推崇的范蠡一样，选择急流勇退。

《鹿鼎记》这部书，好就好在写了韦小宝这么个人物。当年租书看时，《鹿鼎记》是最后看的一部。这之前看的是《天龙八部》，看得热血沸腾，所以对《鹿鼎记》也寄予类似于《天龙八部》的热望。特别是第一回就出现了“为人不识陈近南，便称英雄也枉然”的陈总舵主，更吊起了我的胃口，以为小白龙韦小宝也会像段誉一样因缘际会而后终成一代高手。随着情节的进展，因缘倒是际会了，不算那个教他假武功的海大富，陈近南、九难、洪教主等顶尖高手都成了他的师父，但是，韦爵爷他无心向学。他喜的是做老千，想的是开丽春院，他傍的是皇帝这个天下最大的款和腕，所有这一切，都只为那白花花的银子，轻飘飘的银票。不错，他爱的是个钱字。而此前金庸笔底的人物不管好人坏人，一律是不食人间烟火的，从不考虑钱的问题。说实话，当年初读《鹿鼎记》，我确实有些失望。呵呵，那时我涉世不深啊。后来，我逐渐地越来越喜欢《鹿鼎记》了。《鹿鼎记》

和《倚天屠龙记》成了我读的次数最多的书：读《倚天》是因为爱赵敏，读《鹿鼎》则是一种难言的快乐和辛酸。我逐渐明白，没有阅历的人是读不通《鹿鼎记》的。而读通了《鹿鼎记》，则世上无难事矣。

金庸在《鹿鼎记》的后记中说道，很多人因为韦小宝的德性而不喜欢《鹿鼎记》，甚至于认为这书不是金庸写的。“武侠小说的读者习惯于将自己代入书中的英雄，然而韦小宝是不能代入的。在这方面，剥夺了某些读者的若干乐趣，我感到抱歉。”然后他又为韦小宝也为他自己做了一些辩解。其中比较有趣的一句是：“韦小宝与之发生性关系的女性（诸公，这句有点别扭，不太通，是个病句），并没有贾宝玉那么多，至少，韦小宝不像贾宝玉那样搞同性恋，既有秦钟，又有蒋玉菡。鲁迅写阿Q，并不是鼓吹精神胜利。”比较语重心长的一句话是：“韦小宝重视义气，那是好的品德，至于其余的各种行为，千万不要学。”金庸的这些话，有些含含糊糊，欲言又止，迫于时评，好歹得说几句，但又不想说破微言大义，也不想把话挑得太明。这是很符合金庸的中庸之道的。

但不把话挑明就会说不清一些道道，不得已，在下只好在这里替金庸把话挑明。韦小宝是个什么样的人？这个问题是一个首要的问题。韦小宝，他是一个靠本能生存的人，靠本能生存是最基本也最有效的生存之道，他的本能非常好，总能左右逢源，逢凶化吉；他是一个没有原则的人，他的生活没有原则，但也可以理解为他能像水一样随物赋形；他是一个不识字、没有灵魂和思想的人，所以他没有痛苦，也没有读书人特有的不安、软弱、犹豫、彷徨和自我的搏斗，更没有读书人那种特有的无耻、阴暗和无聊；他是一个没有理想的人，当然这是指理想主义的那种理想，陈近南或者切·格瓦拉那种理想，其实他有一个理想——开丽春院连锁店；他还是一个没有感情生活的人，当然阿珂可能曾让他模模糊糊地感觉到爱上一个人的意味……最令人诧异的是：韦小宝是一个天然谙熟吴思先生总结出来的“潜规则”的人——不管是做人还是做官。所以他做人很成功，做官也很成功，所以他在妓院、皇宫和江湖都能如鱼得水。他还留给我们一条宝贵的经验：在任何时候，任何地方，和任何人，都可以讨价还价，只要你愿意。

古龙和金庸，给我们留下了许多难忘的人物形象。但若论人性的真实，韦小宝当是古金第一人。他的贪婪、狡诈、自私、无耻，是我们生而为人所固有的；他所做的那些奴颜婢膝、曲意逢迎、见风使舵、欺软怕硬的事，是我们常常要做的；而他的强颜欢笑和身不由己，更是我们几十年如一日的真实境遇。我猜想，金庸以韦小宝来金盆洗手，是经过深思熟虑的。他想说的是，虽然他知道理想人格应该是什么样的，但因为已洞悉人性和历史的奥秘，因此决定向这奥秘低头——但这不是失败的低头，而是那种如流水般随物赋形的低头。所以，在《鹿鼎记》中，气宇轩昂出类拔萃如陈近南，雄才大略文治武功如康熙，都不如猥琐又无知的韦小宝那样左右逢源如鱼得水。这不是金庸写郭靖和石破天时那种简单的反智倾向，而是读通历史和人生后的庖丁解牛。最后，当韦小宝身处不可调和的两难境地时，他想通了一个惟一的破解之道："老子不干了。"

不瞒诸位，这些年兄弟混迹江湖，每当碰上种种难题，就会想起韦小宝，并且学着用韦小宝的方式和态度来对付，结果就会觉得没什么大不了的，该低头时就低头，没有什么屈辱、压抑和郁闷，最多老子不干了。

活到如今，说实话，我已想得很明白：倘若做不成《天龙八部》中的无名老僧那样的人，我宁愿自己是《鹿鼎记》中的韦小宝。呵呵，尘土荣华，昔晦今明啊。

结语：相忘于江湖

这个结语该从哪里写起呢？我想应该从万科周刊网站说起。2000 年，因为和万科的单小海相识，开始定期获赠《万科周刊》。后来《万科周刊》办了网站，就常上去玩，主要在“经济人俱乐部”这个坛子（斑竹是大名鼎鼎的经济学四博士赵晓、钟伟、巴曙松和高辉清）潜水，偶尔也用“王怜花”这个 ID 发几个短帖。2001 年 4 月，我女儿蔡花花出生，我开始在夜里练“尿布神功”，所以深夜还挂在坛子上。有一天夜里，突然看到钟斑竹的一个帖子，说是很想念“王怜花”，“哪怕一起谈谈古龙也好”。我一阵冲动，跟帖说我一直就想写一部《古金兵器谱》，既如此，马上就写了贴出——于是就开始写了。前十几篇都贴在“经济人俱乐部”，承蒙四斑竹及众大虾厚爱，人气颇旺。正写着，某日，接到万科周刊网主编王永飚君（网名“麦田的守望者”——简称“麦田”）的电话，说想专门开个坛子谈古论金，于是就开了“武林外史”，由万科的沈浪君和我做斑竹，《古金兵器谱》的后半部就贴在“武林外史”了。到这个时候为止，我和他们都还没见过面——按传统的看法，我们其实还不认识——但在万科的坛子里，我们都已是老朋友了。后来，在北京，在深圳，在广州，我见到了许多万科坛子里的大虾。如今，我们已到了可以相忘于江湖的境地了。

这是一次非常个人化的写作，是我极端个人的阅读感受，其间又夹杂着我的私人生活，我对故人往事的追忆。有许多篇章，是我借古金的酒杯，浇自己的块垒。在我已经十七年的江湖生涯中，金庸和古龙曾经是我和我的友人王枫、范山、韩卫东、程力、吴晓东、顾建平、寿平、王清平、邱小刚、邵燕君等的永恒话题——呵呵，我想我和他们早就进入相忘于江湖的境界了，我和程力有十几年没见过面了——我们的友情有一部分就是因为谈古论金而建立和加深的。我们的教育从来没有教我们如何做人，只教我们如何考试。我很庆幸自己在大一时读了金庸。我知道，我和我的许多朋友们，有许多做人的道理来自金庸。这使我们——至少是我，学会在大事大节上不亏不乱，在个人生活中重情重义，所谓有所必为，有所不为。当这些和北大的精神氛围深深融在一起后，我慢慢学会，要以大写的方式走过自己的一生，独自行

走于天地间，无论落魄发达，都无改内心的激越情怀和平静修远，像《天龙八部》中那位无名高僧一样，走过大地，不留痕迹。

有相忘于江湖的朋友，也有相濡以沫的朋友。一起蜗居在福州的朋友们——他们也都是万科坛子里的大虾——水中君（余闻荣）、宫雪花（袁胜）、开开（倪正兴）、若平扬（骆伟阳）、无花或面朝大海（许建阳）、一夜六次郎（王德丰），我们几乎天天在一起，称得上是相濡以沫了。若平扬在《捕快旧事》中缅怀了我们曾经在一起“捕了便快”的日子，承蒙他的慷慨允诺，我把他的《捕快旧事》也一起收在本书中。呵呵，捕了便快。

在这本书中，我引用了海子、西川、臧棣、清平、麦芒、林东威等诗人的许多诗篇和诗句。这些年来，我常常反复读他们的诗，我常常想，他们为现代汉语贡献了不朽的诗篇。如果用江湖上的话来讲，借用若平扬在《捕快旧事》中的话说就是他们“无愧师门、无愧江湖”，而“江湖不远”，因此“他们不远”。

最后，我想对所有这些朋友说，不论我们是相忘于江湖，还是相濡以沫，我都会想念你们。

2002 年 8 月于福州

怜花宝鉴之人物志

才高于志　土木形骸

春天的早些时候，在厦门海边的夜宴上，江湖上——特别是在金融界——鼎鼎大名的巴曙松博士在席间说起一个银行业界人士，用“才高于志，土木形骸”这八个字来形容。其时我的《古金兵器谱》正在当当、卓越、旌旗以及各地的书店热卖中——那是一本谈论古龙和金庸书中人物的道路问题的书。听到巴博士此言，我猛然想到，这八个字正好可以用来形容一个人——《笑傲江湖》中的莫大先生。

“潇湘夜雨”莫大先生在《笑傲江湖》中出场很少，总共不过寥寥几次，却次次如神龙见首不见尾，乃是一等一的人物。第一次出场是在衡山城的一家茶馆里，“只见一张板桌旁坐了一个身材瘦长的老者，脸色枯槁，披一件青布长衫，洗得青中泛白，形状甚是落拓，显是个唱戏讨钱的。”直到他一剑削断七只茶杯后走出茶馆，众人才知这拉胡琴的落拓老头乃是江湖上赫赫有名的衡山派掌门人。第二次出场一剑杀了嵩山派的高手费彬转身便走，这一剑救了他的师弟刘正风和其时尚未学会“独孤九剑”的令狐冲等，平时有点看他不起的师弟刘正风这时感慨道：“说到剑法武功，我却万万不及了。平日我对他颇失恭敬，实在好生惭愧。”第三次出场是和令狐冲在一个小酒馆中对饮。“令狐冲见莫大先生形貌落拓，衣饰寒酸，哪里像是一位威震江湖的一派掌门？偶尔眼光一扫，锋锐如刀，但这霸悍之色一露即隐，又成为一个久困风尘的潦倒汉子。”令狐冲其时正身陷所谓名门正派与魔教邪派之争，并因此对任盈盈不能痛下决心，莫大对令狐冲说道：“令狐兄弟，你现下已不在华山派门下，闲云野鹤，无拘无束，也不必管他甚么正教魔教。我劝你和尚倒也不必做，也不用为此伤心，尽管去将那位任大小姐救了出来，娶她为妻便是。别人不来喝你的酒，我莫大偏来喝你三杯。他妈的，怕他个鸟？”在令狐冲看来，“他有时出言甚是文雅，有时却又夹几句粗俗俚语，说他是一派掌门，也真有些不像。”“他妈的，怕他个鸟？”这雅语中的粗骂，正体现莫大的为人处世之道，就像他的胡琴一样，一味凄凉，往而不复，不求中正平和，但求率性而已。

对于个人来说，对幸福的理解是各不相同的，不过，一个人志向太大了，对他自己来说多半是一个不幸。不说那志大才疏的，也不说那怀才不遇的，单说那功成名

就的，一般是少不了要勉强别人也勉强自己的。所以，一个人能才高于志，便已脱了苦海；还能做到土木形骸，那他是有福了。“土木形骸”这四个字，最早是用来形容刘伶的。《名士传》说刘伶“常乘鹿车，携一壶酒，使人荷锄随之，曰：‘死便掘地以埋。’土木形骸，遨游一世”。关于刘伶的记载，都是很有趣的。《竹林七贤论》说到有一次别人跟他吵架急了要揍他时，“伶和其色曰：‘鸡肋岂足以当尊拳？’其人不觉废然而返”。最有名的要算《世说新语》里说的故事：刘伶的老婆劝他戒酒，刘伶说好呀，你弄点酒肉来，我对神发誓戒酒，结果，刘伶对着祭神用的酒肉说“天生刘伶，以酒为名……妇人之言，慎不可听”，然后，“便引酒进肉，隗然已醉矣”。不过，刘伶最高妙的地方是他虽然才高八斗，却“未尝措意文章，终其世，凡著《酒德颂》一篇而已”。这是他胜过“竹林七贤”中另外几位的地方。他所处的那个时代已经窥见“惟有文章才能不朽”这一奥秘，以他之才，却“未尝措意文章”，一辈子只写了一篇《酒德颂》，呵呵，那是不求不朽的智慧和境界了。

在真实的刘伶或者虚构的莫大这样的人物身上，我印证了我对生活的一个朴素的见解——幸福就是做一个不求进取的天才，胡乱快活一世。这和巴博士所说的“才高于志，土木形骸”应该是一个意思。

引而不发的爱情生活

郭襄的一生跨越《神雕侠侣》和《倚天屠龙记》两本书，她的一生，主要和爱情有关；她的爱情，主要和杨过有关。只是，她的爱情是那种引而不发的爱情，不管是她对别人的爱还是别人对她的爱。她对杨过的爱情其实是爱慕，而何足道和张君宝对她也是爱慕。爱慕是一种柏拉图式的爱。一切都不说出来，只靠微妙的意会，有时也会托物抒怀，但一定是点到为止。这种感情最主要的内容是思念，而这种思念对方是不知道的，因此，这样的思念带着点自我砥砺的味道。如果再想想不论是郭襄对杨过的爱慕，还是何足道和张君宝对郭襄的爱慕，都是无望的爱，那么，这样的感情和思念还带着自我放逐的味道。

郭襄对杨过的爱慕杨过是能感受到的，但一切又都只是意会，根本就没有明言，因此杨过的策略也只能是下意识的逃避。郭襄知道杨过对小龙女的感情，因此她深知她对杨过的感情是不可能有结果的，只是她心不由己，无法自控。在少室山的少林石碑前，郭襄也曾自问：“便是刻凿在石碑上的字，年深月久之后也须磨灭，如何刻在我心上的，却是时日越久反而越加清晰？”呵呵，这是一个无解之问，也许直到郭襄最后削发为尼创立峨眉派才一了百了。

世事的奇妙在于，情债是一个链条，很少有人能逃得过情债之链。如果将爱的一方设为上家，被爱的一方设为下家，那么，杨过是郭襄的下家，而郭襄则是何足道和张君宝的下家。上家的命运是不幸的，昆仑三圣何足道，集琴圣、剑圣、棋圣于一身，那是何等出类拔萃的人物，于少室山上，少林寺前，对郭襄一见钟情。按说他本是郭襄的良配，怎奈郭襄的情感世界已是曾经沧海难为水。何足道表达爱慕的方式是将《考槃》和《蒹葭》编为一曲，这是一曲狂生和伊人的情谱。如此隐晦雅致的情诉，郭襄也大致听了出来：“他琴中说的‘伊人’，难道是我？这琴韵何以如此缠绵，充满了思慕之情？”郭襄“想到此处，不由得脸上微微一红”——呵，这一瞬间是如此动人——然而，也仅此而已，何君这一曲甚至都未曾奏完，就因在少林寺前不敌觉远大师和他的小徒弟张君宝而匆匆西回。后来他创立了昆仑派，而郭襄的形象想必也永远刻在了他的心上。

郭襄的另一个爱慕者，是比她年纪还小的张君宝。

张君宝对郭襄的感情含有一种对关心自己的姐姐的依恋之情，这是男人在成长过程中常会有的阶段性现象。张君宝的感情甚至都来不及有任何的表达，就要和郭襄分手了，张君宝临别的一问是令人心酸的：“郭姑娘，你到哪里去？我又到哪里去？”后来，张君宝创立武当派，改名张三丰，终生未娶。

郭襄、何足道、张君宝，这三个情操高尚的人，虽然在书中都不是作者浓墨重彩的主要人物，但却都给我留下了深刻的印象。他们那种引而不发的爱情——就像我在《古金兵器谱》中写的那样：一切都还来不及细说，就已成匆匆往事。它有着“此情可待成追忆，只是当时已惘然”的伤感，又有着“何当共剪西窗烛，却话巴山夜雨时”的惆怅。

是的，也许只有李商隐才配解这样的不了情。

用减法生活的人

几年前的一个秋天，我和我的朋友唐明修——明修可能是目前国内最好的漆画家之一 ——开着他的北京吉普在郊外的山上狂奔。那是一辆老式的北京吉普，很旧了，明修索性把顶篷也拆了，当敞篷车开了。由于都喜欢车，坐在车上难免谈起车来，说着说着，明修突然说出一句很不一般的话来，他说："一般的车都是做加法，设计师今天这儿加一个东西，明天那儿加一个什么，车里越来越复杂。而真正的吉普车是做减法，把能不要的东西都不要了，只要能开就行，车越来越简单。"他一说完，我马上就想起了一个人：古龙《欢乐英雄》中的王动，一个用减法生活的人。可惜明修不读武侠，不知王动何许人也，因此当时没法和他说这个，颇为郁闷。

后来，在越来越纷繁复杂的琐碎生活中，我时常会猛然想起明修的这句话，然后马上就会想起王动。这几天有空重新翻了翻《欢乐英雄》，更加心有所感。在书的开篇第一章，郭大路穷得不行了想去做一回侠盗，摸进了一座大房子：

> 他第一眼看到的东西，是张床。
>
> 一张很大很大、很舒服很舒服的床。
>
> 床上躺着个人。
>
> 除此外，他再也没看到别的。
>
> 这房子很大，建筑很堂皇，前前后后，至少也有三十间房，最大的一间房大得可以同时摆下十几桌酒。
>
> 但前前后后几十间房子，除了这张床，这个人之外，什么都没有了，甚至连桌子和凳子都没有。
>
> 前前后后几十间屋子全是空的，连厨房都是空的。
>
> 郭大路怔住了。
>
> 躺在床上的那个人并没有睡着，眼睛一直睁得大大的，可是尽管他前前后后地跑，前前后后地找，这个人始终没有理他。
>
> 到后来郭大路忍不住冲到这人床前，想问问他究竟是怎么回事。
>
> 这人却反而先问："找到什么值钱的东西

没有？”

郭大路只好摇摇头。

这人叹了一口气，道：“我早就知道你找不到的，我已经找了三天，连最后一个破铁锅都被我拿去换烧饼了。你若还能找到别的，那本事真不小。”

当然了，这个人就是王动，这个除了一张床什么也没有的大房子就是王动的家，原来名叫富贵山庄。一般人持家做的是加法，一辈子辛辛苦苦就是为了给家里添置东西。王动做的是减法，家里只留下了一张床，一张“很大很大、很舒服很舒服的床”。算一下，假设一天睡八个小时吧，人一生得有三分之一时间在床上度过，因此王动的选择，就像一辆吉普车，别的都不要了，但动力很好。

如果我们想到做加法是人的天性，是人与生俱来的占有欲的象征，那么，我们就多少能体会到做减法是很难很难的，得有大智大勇吧，才有可能做到。以我的阅读范围，在我读过的文本中，只有格雷厄姆·格林的《问题的核心》中的男主人公做到了减法，这个灵魂备受煎熬的中年男人逐步把家里的东西弄得越来越少；以我的人生阅历，我要说我从没见过在生活中做减法的人。相反的例子倒是很多，随手举一例吧：金庸的《笑傲江湖》中有一段写任我行刚从西湖底的地牢中逃出，就开始着手收拾旧日河山，这本也是人之常情，发人深省的是任老先生自己的一段话，他说：“湖底一居，一十二年，甚么名利权位，本该瞧得淡了。嘿嘿，偏偏年纪越老，越是心热。”当然了，要是等咱到了那个想做加法就做加法、想做减法就做减法的时候，那才叫自在。就连王动也跟郭大路说过这样的话：

> 王动忽然说：“有钱也并不是坏事。”
>
> 郭大路道：“穷呢？”
>
> 王动道：“穷也不坏。”
>
> 郭大路道：“什么才坏？”
>
> 王动道：“什么都不坏，坏不坏只看你这个人懂不懂得享受人生。”

献身能感动一个人吗

《天龙八部》是一本悲惨的书，所谓“有情皆孽、无人不冤”。但在《天龙八部》的众多人物中，谁是最悲惨的那一个呢？是游坦之。

游坦之的悲惨命运不在于家破人亡，而在于他不幸和阿紫相遇。从遇见阿紫的那一天起，他就心甘情愿地成了阿紫的奴隶——不是人身意义上的奴隶，而是情欲的奴隶。没有任何人强迫他，他也明知阿紫从不把他的死活放在心上，并且还给他安了一个铁皮面具，使他人不人鬼不鬼，但他就是无法离开阿紫。

为什么说游坦之是情欲的奴隶而不说是情感的奴隶呢？因为游坦之对阿紫的迷恋有着令他不可抗拒的性欲成分：

> 游坦之抬起头来，只见厅上铺着一张花纹斑斓的极大地毯，地毯尽头的锦垫上坐着一个

> 美丽的少女，正是阿紫。她赤着双脚，踏在地毯上。游坦之一见到她一双雪白晶莹的小脚，当真是如玉之润，如缎之柔，一颗心登时猛烈地跳了起来，双眼牢牢地盯住她一对脚，见到她脚背的肉色如透明一般，隐隐映出几条青筋，真想伸手去抚摸几下……他目光始终没有离开阿紫的脚，见她十个脚趾的趾甲都作淡红色，像十片小小的花瓣。
>
> ……
>
> 突然之间，游坦之喉头发出"嗬嗬"两声，也不知从哪里来的一股力道，犹如一头豹子般向阿紫迅捷异常地扑了过去，抱着她的小腿，低头便去吻她双足脚背。

同样身陷其中不能自拔，但游坦之对阿紫和段誉对王语嫣的情况是不一样的，区别就在于：段誉对王语嫣完全是精神之恋，而游坦之对阿紫的迷恋有着一个正处于成长期的少年对异性的肉欲的渴求，这是人作为动物的本能，是自我难以抗拒和控制的。其实，游坦之和阿紫的身体接触只有一次，就是上面这一段写到的亲吻阿紫的脚背、舔咬阿紫的脚趾这一次，但是就这一次，就足以让游坦之心甘情愿地献出自己的一生。情欲的力量是何等的令人惊心。

后来发生在游坦之身上的一切，读来令人心情阴郁。他甚至把自己的一双眼睛也给了阿紫，还有比眼睛更珍贵的东西可以献出吗？然而，更悲惨的事情最后还是发生了，阿紫抱着萧峰的尸体决意跳下悬崖前，从自己的眼眶里挖出了游坦之给她的一双眼睛：

> 阿紫高声道："啊，是了，我的眼睛是你给我的，姐夫说我欠你的恩情，要我好好待你。我可偏不喜欢。"蓦地里右手伸出，往自己眼中一插，竟然将两颗眼珠子挖了出来，用力向游坦之掷去，叫道："还你，还你，从今以后，我再也不欠你甚么了。免得姐夫老是逼我，要我跟你在一起。"

对于游坦之来说，这是决定性的时刻，命运在大声地告诉他，他所献出的一切，他为阿紫所遭受的非人的磨难，在阿紫心中一钱不值。这样的毁灭性打击基本上没有人能承受得了。金庸安排的结局是游坦之跟着阿紫跳下了万丈悬崖。这是全书中惟一一次命运对游坦之的仁慈惠顾。在这一了百了的瞬间，游坦之突然解脱了他所承受的全部命运，同时，也把这令人喘不过气来的极端体验转嫁给了阅读他的命运的每一个读者。这是金庸的狡诈安排还是命运的一种均衡呢?

多年前我曾问过这样一个问题:献身能感动一个人吗?情欲的囚徒游坦之用他的悲惨命运回答说:不能。

叮叮当当

叮叮当当是一个女孩，名叫丁珰，是江湖上著名的辣手人物“不三不四”兄弟中哥哥丁不三的孙女，在《侠客行》中——乃至在金庸的所有作品中——都是令人难忘的人物。她在和情郎石破天重逢后，突然面临人生的一大难题，原来风流成性的郎君变成了一个白痴：

> 丁珰道：“你难道当真是白痴？天哥，你……你从前不是这个样子的。”石破天道：“从前我怎么了？”丁珰脸上微微晕红，道：“从前你见了我，一张嘴可比蜜糖还甜，千伶百俐，有说有笑，哄得我好不喜欢，说出话来，句句令人意想不到。你现在可真傻了。”
>
> ……
>
> 石破天笑道：“我是你的丈夫，老老实实的不好吗？”丁珰摇头道：“不，我宁可你像

以前那样活泼调皮，偷人家老婆也好，调戏人家闺女也好，便不爱你这般规规矩矩的。”

其实这个石破天不是那个石破天，但丁珰却当他是大病一场变傻了。那么怎么办呢？丁不三给丁珰的建议是：“不如趁早杀了，免得生气。”

丁珰寻思：“石郎倘若真的永远这么糊涂，我怎能跟他厮守一辈子？倒也不如真的依爷爷之言，一刀将他杀了，落得眼前清净。”但随即想到他大病之前的种种甜言蜜语，就算他一句话不说，只要悄悄地向自己瞧一眼，那也是眉能言，目能语，风流蕴藉之态，真教人如饮美酒，心神俱醉；别后相思，实是颠倒不能自已，万不料一场大病，竟将一个英俊机变的俏郎君，变成了一段迂腐迟钝的呆木头……丁珰不住饮泣，寻思：“他见到美貌姑娘居然不会轻薄调戏，哪还像个男子汉大丈夫？我真嫁了这么个规规矩矩的呆木头，做人有甚么乐趣？”

丁姑娘思虑万千，终于下了狠心要快刀斩乱麻：“这样的呆木头老公，留在世上何用？……石郎石郎，这是你自己变了，须莫怪我心狠。”当然啦，最终丁珰还是不忍下手。然则丁姑娘喜欢的男人是什么样子呢？后来真的石破天也就是石中玉终于现身了，这个风流成性的轻薄少年片言只语就让丁珰如坐春风：

“叮叮当当，这么些日子不见你，我想得你好苦，你却早把我抛在九霄云外了。你认不得我，可是你啊，我便再隔一千年，一万年，也永远认得你。”丁珰听他这么说，喜极而泣，道：“你……你才是真的天哥。他……又怎说得出这些真心情意的话来？”

其实，这个真的石破天——也就是石中玉——此前一直躲在扬州的妓院中艳福无边，他对丁珰说的只是甜言蜜语，何曾有真心情意？但丁珰爱的就是这样的甜言蜜语。这个石中玉，却也是个人物，虽然一现身便身处险境，依然不忘调情：

石中玉转过身来，将珠花插在丁珰头发上，低声笑道：“这朵花该当再美十倍，才配得上我那叮叮当当的花容月貌，眼下没法子，将就着戴戴罢。”丁珰大喜，低声道：“天哥，你总是这般会说话。”

不错，丁姑娘爱的就是“这般会说话”，至于这话是真的假的，管它干吗？一定有人会觉得丁姑娘这是本末倒置，我倒觉得她无师自通地掌握了生活的奥秘：真、善、美中，只有美能带给我们激情和愉悦，尽管它可能是盲目的、虚假的、不道德的。

久病成医

《侠客行》是金庸后期的作品，在这本书中，金庸不再像以前那样执着于善恶正邪的价值分野，对于人性和社会的复杂性有了更广阔的包容。书中许多个性鲜明的人物，如谢烟客、丁不三、丁不四、石中玉、丁珰等，金庸都没有做直接的价值判断。其中，我感兴趣的一个人物，是“着手成春”贝海石。

贝海石久病成医，因此江湖上都叫他贝大夫。他是长乐帮最重要的人物，一套“五行六合掌”在江湖上享有盛誉。我感兴趣的，是贝海石深沉决断的心机、待人接物的风度、临机应变的才干，一句话，他是江湖精英的典范，而这一切，集中体现在他练达的谈吐和雅致的言辞中。

当江湖上的各帮各派都在为接十年一度的赏善罚恶铜牌而惶惶不可终日时，贝海石却已提前为长乐帮找了一个冒牌帮主石破天当替死鬼，这等韬略在江湖上无人能及。不过，他后来的麻烦也都是因此而起。为了找回溜之大吉的冒牌帮主，贝海石不得不和江湖上的辣手人物谢烟客、丁不三以及雪山派、关东四大门派等大打交道，其间的威胁利诱腾挪折冲颇为经典，先看他对谢烟客的台词：

> “在下众兄弟来得冒昧，失礼之至，还望谢先生恕罪……本该先行投帖，得到谢先生允可，这才上崖，只以事在紧迫，礼数欠周，还望海涵……说来惭愧，长乐帮不见了帮主，要请外人引见，传了出去，江湖上人人笑话。我们只不过找这么一找，谢先生万勿多心。摩天崖山高林密，好个所在。多半敝帮石帮主无意间上得崖来，谢先生静居清修，未曾留意。”

言辞谦逊，态度诚恳，但是一定要“找上一找”，这就是贝海石为人做事之道。即便动手之时，贝海石也不忘咳嗽道：“谢先生……却……咳，咳，却何必伤了和气。”话虽如此，手底却毫不含糊。

再看贝海石如何和冒牌帮主石破天商量如何对付来找石破天麻烦的雪山派：

石破天道："你要我怎么样？"贝海石道："全凭帮主号令。帮主说'文对'，我们回去好言相对，给他们个软钉子碰碰；若说'武对'，就打他们个来得去不得，谁教他们肆无忌惮地到长乐帮来撒野？要不然，帮主亲自去瞧瞧，随机应变，那就更好。"

看官，贝大夫这几句话，好不牛逼。假设你是帮主，听了这样的话，那会是何等的踌躇满志。贝大夫偶尔也会耍泼玩赖，关东四大门派来兴师问罪，贝大夫好话说尽，赖话便来：

贝海石懒洋洋地道："姓贝的生了这许多年病，闹得死不死，活不活，早就觉得活着也没多大味道。高三娘子要杀，不妨便请动手。"

然而转眼之间大家又已化干戈为玉帛，贝大夫咳嗽几声，又说出一番好话："难得……关东四大门派众位英雄大驾光临，种种误会，亦已解释明白。让敝帮重整杯盘，共谋一醉。"呵呵，像贝海石这样久病成医的人是不好惹的，但你若和他一起做事，那倒是一桩快事，因为这样的人做事从来不会婆婆妈妈，而且又总是谋定而后动，那多半是无往不利的。贝海石和谢逊、范遥这样的人一样，都是江湖社会的精英和栋梁。他们不大理会是非善恶，为人做事自有一套。如果有得选，你最好选择做他们的朋友，至少，不要选择做他们的对手。

立地成佛

一个人放下屠刀，能不能立地成佛呢？在现实生活中我没见过，但在虚构的文本中却是有的，《倚天屠龙记》中的谢逊就是。

谢逊，字退思，外号金毛狮王，明教教主座下四大法王之一，其人文武双全，才堪大用，临事决疑，处变不惊，为人心意决绝，做事干净利落。他的一生，本应意气风发，兼济天下。怎奈造化弄人，正当他事业如日中天的时候，他的师父成昆竟然设下毒计，奸他妻子、杀他全家，这是他命运的第一个转折，此后他的人生只有一件事——报仇。为了找成昆报仇，谢逊在江湖上大开杀戒、滥杀无辜，甚至于恩将仇报，杀了少林高僧空见。最终，谢逊落入少林派手中，关在少林寺山上的地牢中。不曾想，这却成了他命运的又一个转折。

张无忌为了救义父谢逊，三次挑战看护谢逊的渡厄、渡难、渡劫三僧，其间他耳闻目睹了谢逊放下屠刀、立地成佛的过程。第一次，谢逊叹道：

> “我这一个多月来，在这地牢中每日听着三位高僧诵经念佛，听着山下寺中传来的晨钟暮鼓，回思往事，你义父手上染了这许多无辜之人的鲜血，实是百死难赎。唉，诸般恶因罪孽，我比成昆做得更多。好孩子，你别管我，自己下山去吧。”

谢逊这段话中，已经深含佛意。第二天，张无忌携光明左使杨逍、白眉鹰王殷天正挑战三僧，在双方就要两败俱伤之际，谢逊以“狮子吼”神功在地牢中说道：

> “杨左使、殷大哥、无忌孩儿，我谢逊双手染满血迹，早已死有余辜。今日你们为救我而来，与少林寺三位高僧争斗，若是双方再有损伤，谢逊更是罪上加罪。无忌孩儿，你快快率同本教兄弟，退出少林寺去。否则我立时自绝经脉，以免多增罪孽。”

双方因此只得罢手。第三次，张无忌联手周芷若再战三僧，苦战之下，张无忌魔由心生，渐入危境，谢逊在地牢中诵念《金刚经》：“如我昔为歌利王割截身体，我于尔时，无我相、无人相、无众生相、无寿者相……”醍醐灌顶，张无忌心魔得以消退，同时想到：“义父身居地牢而处之泰然，难道他真到了不惊、不怖、不畏的境界了么？”

此时谢逊离立地成佛只有一步之遥。之后，三僧又与张无忌战成平手，因此决意放了谢逊，渡厄说道：

> “谢居士，放下屠刀，立地成佛。我佛门户广大，世间无不可渡之人。你我在这山峰上共处多日，那也是有缘。”谢逊站起身来，说道：“我佛慈悲，多蒙三位大师指点明路，谢逊感激不尽。”

谢逊知道渡厄在给他机缘，但他还要看一看命运的安排。于是，谢逊抱必死之心，先和成昆了却恩怨，散去全身武功，然后又请一众仇家取他性命为亲人报仇。幸存之后，渡厄收他为徒，谢逊“得渡厄点化，立悟佛家精义，自此归于佛门，终成一代大德高僧”。

从快意恩仇到慈悲为怀，从血海深仇到四大皆空，谢逊走过的这条路，并不像我们读来这么简单、轻松。事实上，一个人放下屠刀已属不易，要立地成佛就更难了。佛说生老病死皆为苦谛，其实哪一条路都是不容易的啊。

双重生活

“秋水为神玉为骨”，配得上这句话的女人该是一个什么样的女人呢？特别是，这是一个女人用来形容另一个女人的，凭着这一点，我们就可以猜想这个被形容的女人有着怎样的容颜风姿：

> 朱七七猛抬头，便瞧见一张秋水为神玉为骨、花一般娇艳、云一般温柔的面容，她失声道：“原来是你。”
>
> 白飞飞嫣然一笑，道：“是我。”

古龙写作的毛病之一是不太会节制，这毛病在《武林外史》中随处可见，加在“秋水为神玉为骨”后边的这两个比喻——“花一般娇艳、云一般温柔”——纯属画蛇添足。这样一个白飞飞，在男人眼中又是什么样的呢？

忽然之间，白飞飞那莹白如玉、柔软如天鹅、玲珑如鸽子的娇躯，已展露在沈浪面前。她的胴体并无那种引人疯狂的热力，却带着一种说不出的、惹人怜爱的娇弱，那是一种纯情少女所独有的风韵，动人之处，难描难叙。沈浪要不瞧已来不及，这一瞧之下，便再也忍不住有些痴迷，一时之间，目光竟忘了移开。

这一瞧之下，令沈浪的后半生都留下了挥之不去的阴影：和他一起生活的是朱七七，但占据他内心隐秘深处的是白飞飞。

不过，这个如羊羔一样温柔恭顺、如鸽子一样善良纯洁的白飞飞只是一个女人的一半面孔，她还有另一半面孔，那一半叫“幽灵宫主”——心狠手辣的幽灵派掌门人。为了替生母报仇，她过着侍女和宫主的双重生活。她报复的对象是抛弃她生母的生父“快活王”；她报复的方式是一个女人所能想出来的最可怕的方式——把自己嫁给生父“快活王”；她报复的手段，当然也是不寻常的：

她从头到脚，看来似乎天生就是要被人欺负的，教人见她，虽然怜惜，却又忍不住要生出一种残酷的征服之意，她这双手似乎在求人怜惜，但却又仿佛在邀请别人，求别人摧残似的。

很少有男人能抗拒这样的手段，因此，像“快活王”这样的一世枭雄最终也着了她的道。不过，报复“快活王”成功并不是她人生的巅峰，她一生的真正的杰作是：在戏要落幕的时候，她改变了主意，不再想杀沈浪，而是怀上了沈浪的种子，然后离开了他。这样，沈浪的后半生，将是一边和朱七七生儿育女，一边想着她和他们的孩子。她留给沈浪的，是另一种双重生活。

我要说的是，不管是白飞飞还是沈浪，他们的生活都是在苦熬——是的，“他们在苦熬”。相比之下，反倒是头脑简单的朱七七过得最幸福。我把这理解为命运。

老板和老板娘

老板名叫朱停，“朱停是一个很懂得享受的人，而且对什么事都很看得开，这两种原因加起来，就使得他身上的肉也一天天增加起来。胖的人看来总是很有福气的样子，有福气的人才能做老板，所以很多人都叫他老板”。老板娘是朱停的老婆，不知道叫什么，只知道她很美，“她的确是个非常美的女人，弯弯的眉，大大的眼睛，嘴唇玲珑而丰满，看来就像是个熟透了的水蜜桃，无论谁看见都忍不住想咬一口。但她身上最动人的地方，并不是她这张脸，也不是她的身材，而是她那种成熟的风韵。只要是男人，就会对她这种女人有兴趣”。

这一天，正是江湖风云将起未起之际，老板娘陪陆小凤喝完酒回家：

> 老板娘施施然走了进来，用两根手指头拈着块小手帕，扭动着腰肢，在他面前走了两遍。

朱停好像没有看见。

老板娘忍不住道："我回来了。"

朱停道："我也看见了。"

老板娘脸上故意作出很神秘的样子，道："我刚才跟陆小凤在他房里喝了许多酒，现在头还是有点晕晕的。"

朱停道："我知道。"

老板娘眼珠子转动着，道："但我们除了喝酒之外，并没有做别的事。"

朱停道："我知道。"

老板娘忽然叫了起来，道："你知道个屁。"

朱停淡淡道："屁我倒不知道。"

老板娘的火气又大了起来，大声道："我跟别的男人在他房里喝了半天酒，你非但一点也不吃醋，还在这里想什么糊涂心思？"

朱停道："就因为我没有糊涂心思，所以我才不吃醋。"

呵呵，想必诸公看到这段文字忍不住要笑出声来。古龙写《陆小凤》的时候，风格趋于成熟，已经从写《多情剑客无情剑》的抒情阶段中摆脱出来，转向幽默和冷静，所以《陆小凤》特别耐看，其中的人物，不论主角配角，大多写得很传神。像朱停和他老婆这样的配角人物，只在故事的开头和结尾处有过短短的出场，但却给人留下了很深的印象。

我想了想，在古金的江湖上，总共有三对夫妻令人印象深刻。一对是《雪山飞狐》中的胡一刀夫妇，做到了把老婆当哥儿们的境界；一对是《侠客行》中双剑合璧的石清夫妇，做到了情深意厚、心意相通；再一对就是《陆小凤》中的朱停夫妇。前两对夫妻，互敬互爱，双方无论做什么事，都不需要太多的言语和解释，也不会有口角和吵闹，是理想中的神仙眷属。而朱停和他老婆，却要斗斗心机、过过嘴瘾，在真真假假之间演绎另一种夫妻模式。从一个男人的角度，我倾向于做朱停，因为“他自己的长相虽然不敢恭维，却有个非常美的老婆”——更何况这个老婆是一个风情万千却又忠贞不渝的成熟女人。当然，还因为“他这一生中从来没做过一样正经事，却总能住最舒服的房子，穿最讲究的衣服，喝最好的酒”；因为“他无论要做什么事的时候，都要先‘停’下来想一想。只要想开了，世上也就没什么事是非做不可的了”。

春天在她的眼睛里

你若问我谁是古龙的江湖上最可爱的女人，我的答案是：燕七。因为古龙写道：“春天就在燕七的眼睛里。”

燕七一直女扮男装，不过，这只骗过了一个人——郭大路，而她爱上的偏偏就是这个人。他们初次见面时的台词颇为有趣：

> 郭大路道：“你叫什么名字？”
>
> 燕七道：“燕七。”
>
> 郭大路道：“你还有六个哥哥姐姐？”
>
> 燕七道：“没有。”
>
> 郭大路道：“你既然不是排行第七，为什么要叫燕七？”
>
> 燕七道：“因为我已死过七次。”
>
> 郭大路道：“若是再死一次，你岂非就要叫燕八了？”

燕七苦笑了笑，道：“燕七这名字挺好的，我不想再改了。”

从这一刻开始，燕七和郭大路、王动、林太平一起，演绎了一出名叫《欢乐英雄》的江湖故事。在这四个人中，燕七、王动、林太平都是身份隐秘、家世大有来历的人物，只有郭大路是一个没有任何秘密的赤子。在四个人奇特的共同生活中，燕七不知不觉地爱上了郭大路。燕七选择和郭大路斗嘴和抬杠的方式来表达关心和牵挂。在日复一日的斗嘴和抬杠中，两人的感情与日俱增，但是，令燕七着急的是，郭大路总是看不出来她是女扮男装。最后，燕七用出走和美人计来提醒和考验郭大路，并最终得到了幸福。

《欢乐英雄》是古龙最明亮、最快乐、最春天的一部作品，书中多次写到了春天，都和燕七与郭大路有关：

燕七道：“你想听什么？”

郭大路看着王动和红娘子，目中渐渐露出一种柔和的光辉，缓缓道：“现在我只想听一听可以令人心里快乐的事，令人快乐的消息，譬如说……”

燕七看着他，目光也渐渐温柔，柔声道：“譬如说什么？”

郭大路道：“譬如说，春天的消息。”

燕七的声音更温柔，道：“你已用不着再问春天的消息。”

郭大路道：“为什么？”

燕七道：“因为春天已经来了。”

郭大路眨了眨眼，笑道：“已经来了么？在哪里？我怎么看不见？”

燕七转头去看王动和红娘子，柔声道：“你应该看见的，因为它就在这里。”

郭大路的声音也很温柔，轻轻道：“不错，它的确就在这里。”

他看着的却是燕七。

燕七的眼睛。

他忽然发现，春天就在燕七的眼睛里。

这是古龙写得最美的段落，这美是纯粹的、圣洁的、温暖人心的，所有这些，都在燕七的眼睛里。

传统与个人才能（上）

在叶开、傅红雪、路小佳纵横江湖的《边城浪子》时代，李寻欢、阿飞和荆无命已经退隐江湖，成为神龙见首不见尾的前辈高人。在《边城浪子》中，阿飞和荆无命作为前辈高人，因机缘巧合，两人都有过短暂的出场。这个时候，他们都已经人到中年，不论是形象还是心境，都和《多情剑客无情剑》时代有了很大的变化，差不多快要到返璞归真的境界了。但是，他们本性中的一些东西却永远也不会改变，这些东西通过他们的眼睛流露出来。

> 这个人是一个陌生人。
>
> 他身上穿的是件很普通的粗布衣服，洗得很干净，和衣服同色的腰带上，随随便便的插着根短棍。
>
> 短棍并不可怕，最可怕的还是他的眼睛。
>
> 他的眼睛很亮，有很多人的眼睛都很亮，

但他的眼睛却亮得特别，亮得就好像一直能照到你内心最黑暗的地方。

……

被这双眼睛看着时，傅红雪心里居然也觉得有种说不出的恐惧。他从未有过这种感觉，就好像在黑夜中走进一个陌生的地方，忽然发现有条狼在等着你一样。

这个“陌生人”就是阿飞。他穿洗得很干净的粗布衣服，以短木棍为武器而不再用剑，这是说他的做人和武功的境界都已今非昔比。只是他的眼睛里流露出的东西还是让傅红雪这样的人都觉得恐惧——这是他的本性，是他没有改变也永远改变不了的。那么，荆无命呢？

她脸上又露出种恐惧之色，接着道：“我从来也没见过武功那么高的人，只轻轻挥了挥手，我们就近不了他的身。”

叶开动容道：“他是个什么样的人？”

丁灵琳道：“是个独臂人，穿着件很奇怪的黄麻长衫，一双眼睛好像是死灰色的，我也从来没见过任何人有那种眼睛。”

丁乘风也已耸然动容，失声道：“荆无命。”

然后叶开就看到了荆无命——“他转过身，就看到一个黄衫人标枪般站在池畔的枯柳下。他看不见这人脸上的表情，只看见一双奇特的眼睛，像野兽般闪闪发光”。

阿飞和荆无命在本性上有很多相同的地方，但是，他们也有很不同的地方：年轻时，阿飞会爱上女人，荆无命不会；现在，阿飞会笑，荆无命不会。“陌生人又笑了。他的笑神秘而奇特，就像是在严寒中忽然吹来一阵神秘的春风，溶化了冰雪。”这样的差异是非常重要的，再算上他们和李寻欢的差异，我们就会发现，他们之间的差异，不仅影响他们自身，同时也神秘地影响着他们的下一辈——叶开、傅红雪和路小佳；我们就会看到，在李寻欢和叶开之间、阿飞和傅红雪之间、荆无命和路小佳之间，传统和个人才能是如何的相辅相成和相互制约。

传统与个人才能（下）

阿飞和荆无命在对叶开、傅红雪和路小佳谈论武功的时候，不约而同地以李寻欢为参照对象。阿飞在击断路小佳的剑后，对叶开、傅红雪和路小佳说道：

> “我知道你们这一辈的年轻人，非但聪明，也很用功，已经不在我们当年之下。但我还是希望你们能明白一件事，真正伟大的武功，并不是聪明和苦功就能练出来的。你一定先得有一颗伟大的心，才能练得真正伟大的武功。这当然不容易，据我所知，天下武林高手中，能达到这种境界的，也不过只有一个人而已。”

这个人，当然就是李寻欢——“大家当然知道他说的是谁，每个人的心忽然跳了起来。叶开的心跳得更快。”因为，叶开是李寻欢的传人。作为对比，阿飞在和丁灵琳的对答中谈到了荆无命：

> 丁灵琳道："我早就听说你是天下出手最快的人，可是一直到今天，我才相信。"
>
> 陌生人（阿飞）道："你错了，我从来就不是出手最快的人，一直都有人比我快。你知不知道是谁教路小佳用那柄剑的？这人有个很奇怪的名字，他叫作荆无命。据我所知，当今江湖已没有比他更快的剑。"
>
> 丁灵琳道："小李飞刀呢？他的出手是不是比荆无命更快？"
>
> 陌生人的眼睛忽然也亮了起来，道："他的出手已不是'快'这个字能形容的。"
>
> 丁灵琳道："我明白了，他出手快不快都一样，因为他的武功已达到你所说的那种伟大的境界，所以已没有人能击败他。"
>
> 陌生人道："绝没有人。"

这是阿飞眼中荆无命和李寻欢的区别。那么，荆无命自己是怎么看的呢？

> 荆无命缓缓道："我已有多年未曾见到李

寻欢了，我一直都在找他。因为我还想找他比一比，究竟是他的刀快，还是我的剑快？但现在我却已改变了主意，你可知道为了什么？”

叶开当然不知道。

荆无命道：“是因为你。”

叶开又很意外：“因为我？”

荆无命道：“看见了你，我才知道我是比不上李寻欢的。”

他冷漠的声音竟似变得有些伤感，过了很久，才接着道：“路小佳只懂杀人，可是你……你刚才出手三次，却都是为了救人。”

在经过漫长的江湖恩怨后，前辈们终于可以心平气和地从纯武学的意义上来探寻事物的真谛，但就在这不经意中，后辈们的命运却也已被决定。不管武学和诗学在最高境界上是否能够相通，我都很难不想起艾略特在《传统与个人才能》中的那段名言：“假如我们研究一个诗人，撇开了他的偏见，我们却常常看到：他的作品中，不仅最好的部分，就是最个人的部分也是他前辈诗人最有力地表明他们的不朽的地方。我并非指易接受影响的青年时期，乃指完全成熟的时期。”

江湖也是要花钱的

多年来把金庸古龙的书翻来覆去地读了又读，逐渐发现一个秘密：金庸的江湖是不用花钱的，那些江湖儿女们每天只惦记着武学秘籍、恩怨情仇乃至国恨家仇，惟独钱的问题无需考虑。不知道是谁，但一定有人帮他们搞定衣食住行、婚丧嫁娶、迎来送往、吃喝玩乐等等日常生活所必需的费用。这有点像供给制时代的生活，人们只管革命就行。而古龙的江湖是要花钱的，很多人几乎每天都要为下一顿的饭钱而绞尽脑汁，比如《欢乐英雄》中的郭大路等快乐青年；还有些人——往往还是大人物——因为钱的问题栽了跟头，比如《陆小凤传奇》中的金九龄。

金九龄何许人也？金九龄乃是天下第一名捕，陆小凤对他的评价是："金九龄被公认为六扇门中，三百年来的第一位高手，无论大大小小的案子，只要到了他手里，就没有破不了的。"

他的师兄是少林寺的苦瓜和尚，他交游的是陆小凤、木道人、老实和尚这样的重量级人物。和他的名气相称的是他的生活方式：

> 金九龄的衣服，质料永远最高贵，式样永远最时新，手工永远最精致，他手里的一柄折扇，也是价值千金的精品，必要的时候，还可以当作武器。金九龄认穴打穴的功夫，都是第一流的。事实上，他无论什么事都是第一流的。不是第一流的酒他喝不进嘴，不是第一流的女人，他看不上眼，不是第一流的车，他绝不去坐。

此外，他还喜欢收藏古董字画。不得不承认，金九龄是有品位的第一流人物。但是，问题在于，“他却并不是个第一流的有钱人”。公门中的薪金是有限的，至于外快，他虽然精于辨别古董字画和相马，能够从中赚些钱，但与他的开销比起来，却是入不敷出，特别是在女人身上要花很多钱，这有欧阳情的话为证：

> 欧阳情道：“别人都认为你在女人身上不必花钱，只有我知道，像我们这种女人，眼睛里一向只认得钱，就算你是潘安再世，宋玉复

生，也一样得要有钱才能进得了门。”

欧阳情的话虽然无情和难听，不过确实是实话。金九龄为了维持那样的生活，只得扮成绣花大盗，盗走东南王府中的十八斗明珠，外加华玉轩珍藏的七十卷价值连城的字画、镇远的八十万两镖银、镇东保的一批红货和金沙河的九万两金叶子。金九龄执法犯法，做下了泼天大的事来，结果终于送了命。在金九龄临死前，深受其害的东南王府总管江重威——原来也是金九龄的好朋友——感慨万千地对金九龄道：“其实我早已算到你会有这么一天，你太喜欢花钱，太喜欢享受。”这句话颇有些总结的味道，我的理解是，江湖上是要花钱的——关于这一点我赞成古龙。还有就是，谁又不喜欢花钱和享受呢？

致命的自负（上）

陆小凤江湖生涯中最挫败的阶段是他和宫九做对手的时候。这不仅仅因为宫九武功高出陆小凤很多，而且因为宫九无论在哪一方面都比陆小凤出色，使得一向非常自我的陆小凤自惭形秽，从心底里感到挫败。

陆小凤死里逃生漂流到南海的荒岛上后，发现岛上的人们根本就没把他这个名满天下的大人物当回事——人们根本就不认得他，只是客气地称他为陆公子。这里的人们每天关心和谈论的是一个叫宫九的人，他们亲切地管他叫“老九”或者“九哥”：

> 陆小凤很想看看这人是谁，却连头都抬不起来，只听见牛肉汤道：“你们都来见见九哥这位新收的随从，他叫木一半，好像是海南孤雁的门下，九哥还特地要他带了好多好多礼物回来给我。”

她声音中充满欢悦，立刻就有人问：“这几天老九又到哪里去了？什么时候回来？最近他身子可还安好，有没有喝醉？”

木一半立刻恭恭敬敬地一一答复，可是这位九少爷的行迹，却连他都不清楚。

听见九少爷归期无定，大家都仿佛很失望，听见他身子健康，大家又很开心。

对这个远在天涯、行踪不定的浪子，大家都显得说不出的关怀，可是对这个刚刚还跟他们赌过钱、此刻就躺在他们面前的陆小凤，却根本没人问，这个人的死活，他们根本就不放在心上。

所有这些，都使陆小凤心里酸溜溜的不是滋味，因为：

他一向是江湖中的宠儿，认得他的人都以他为荣，无论走到哪里都极受欢迎，卧云楼主人珍藏多年的名酒只有他才能喝得到，就连孤僻高傲的苦瓜大师，看见他去了，都会亲自下厨房烧几样素菜给他吃。

女孩子们见到他，简直完全无法抗拒，连冰山都会溶化。

可是到了这里，他却好像忽然变得不值一文，要替那位九少爷擦鞋都不配。

这样的心理打击很容易让人一下子失去信心，怀疑自己什么都不行了，只不过是一堆垃圾。这是陆小凤和宫九对手戏的第一回合，陆小凤连宫九的人都没见着，就遭受沉重打击。紧接着的第二回合，陆小凤遭受更加沉重的打击，因为这一次的交锋和女人有关。就在陆小凤和沙曼柔情缱绻的时候，宫九“像轻云一般”地给沙曼送来了一份礼物：

他们看到了他留下的一朵花。

一朵冰花。

现在正是仲夏，这朵花却是用冰雕成的，透明的花瓣还没有开始溶化。

要在多么远的地方才有窖藏的冬冰？要费多么大的苦心才能将这朵冰花完完整整地运到这里？

除了那神龙般的九公子，还有谁能做得出这种事来？

他知道她从来不看重身外之物。

他知道她怕热，在这座南海的岛屿上，却

终年看不到冰雪。

所以他特地将这朵冰花带回来，亲自来送给他珍爱的女人。

可是他来的时候，她却在别人的怀抱里，他只有留下这朵冰花，悄悄地走了。

这一瞬间，陆小凤的心理是复杂的，不仅在爱的创造力方面，而且在爱的道德感方面，他都是失败的。“陆小凤看着这朵冰花，心里忽然有种说不出的酸楚，却不知是为了这个孤高而多情的人？还是为了自己？”这之后，陆小凤在宫九面前全面处于下风，一直在走下坡路。世事的奇妙在于：当陆小凤的下坡路走到谷底之时，也是宫九达到巅峰之时，这个时候陆小凤没有一点包袱了，他开始从谷底反弹，而宫九则陷入了致命的自负。

致命的自负（下）

宫九，“他究竟是个什么样的人呢？”这话陆小凤问过牛肉汤，也问过沙曼。牛肉汤的回答是：

> “其实我也说不出他究竟是个什么样的人，因为这个人实在太复杂，太奇怪。无论多难练的武功，他全都一学就会。像老实和尚那样的武功，在他手下根本走不出三招。他不赌钱，不喝酒，男人们喜欢的事，他全不喜欢。没事的时候，他就一个人坐在海边发呆，有时两三天都不说一句话。他虽然又古怪，又孤僻，可是每个人都很喜欢他，因为他常常为别人做很多事，自己却一无所求，对于钱财，他更没有看在眼里，你只要向他开口，只要他有，不论多少他都会拿给你。”

牛肉汤是宫九的妹妹，沙曼是宫九的未婚妻，沙曼所说的宫九和牛肉汤说的不一样：

“可是那个人不是人。他是条毒蛇，是只狐狸，是个魔鬼。有人说他是九种东西做出来的：毒蛇的液，狐狸的心，北海中的冰雪，天山上的岩石，狮子的勇猛，豺狼的狠辣，骆驼的忍耐，人的聪明，再加上一条来自十八层地狱下的鬼魂。”

在见到宫九之前，陆小凤先来到宫九住的地方，对宫九又有了新的了解：

华美的居室，精雅的器皿，夕阳正照在雪白的窗纸上。

他一向是个孤僻而自负的人，“所以他最喜欢照镜子。”

“为什么？”

“因为他惟一真正喜欢的人，就是自己。”

屋子里果然有面很大的镜子，看来显然是名匠用最好的青铜磨的。

“这是他自己磨成的，他自己认为这无疑

已是天下第一明镜。”

一个自负到自恋的人，这是陆小凤没见到宫九前对宫九的基本了解。是对手总是要见面的，但陆小凤无论如何也想不到他和宫九的第一次见面会是那样一种情形：

一个头发散乱，脸色苍白的年轻人，正半裸着在地上挣扎翻滚。

他的躯体苍白而瘦弱，带着斑斑的血渍，却是他自己用针刺出来的。

看见陆小凤进来，他显然也吃了一惊，但是一种无法忍受的痛苦与渴望，已使他完全失却了理智。

他又在低呼：“鞭子……用鞭子抽我……用力抽我……求求你，快拿鞭子。”

陆小凤从不能理解这种人，看到宫九，却忽然明白了——他得到的已太多，而且太容易得到，所以他心里的欲望，只有在虐待自己时，才能真正得到满足。

陆小凤终于忍不住拿起鞭子抽打了宫九，让宫九得到了一次满足，奇怪的是，“他忽然发现自己心里仿佛也有种奇异而邪恶的满足”。只是，“这感觉却令他几乎忍不住要呕吐”。更奇怪的是，转眼之间，宫九又变成了另一个人：

> 一个人从里舱慢慢地走出来，漆黑的发髻一丝不乱，雪白的衣衫上连一根皱纹都没有，轮廓优美如雕刻般的脸上带着种冷酷、自负而坚决的表情，眼睛锐利如刀锋。
>
> 这个人就是刚才那个人。

陆小凤慢慢明白，宫九只有一个弱点，如果不利用这个弱点，他是无法战胜宫九的。因此，在最后走投无路的时刻，陆小凤第二次拿起鞭子抽向宫九，只是这一次，鞭子忽然由抽改刺，要了宫九的命。其实，真正要命的是宫九自己身上的致命的自负。

33岁的女人（上）

我是一个对数字很敏感的人，喜欢1、3、6、9这四个数字。33是我很喜欢的一个数字组合，做一个33岁的男人是一件很不错的事，我敢这么说是因为我已经做过33岁的男人。但是，一个女人到了33岁是什么样子，又会有什么样的心态呢？这我就不知道了，不过，幸好古龙为我们大家写了一个33岁的女人——风四娘：

> 她的眼睛还是很明亮，笑起来还是很令人心动，见到她的人，谁也不相信她已是三十三岁的女人。

唉，这一句写得含蓄、蕴藉。“还是很明亮”“还是很令人心动”，这两个“还是”，是欲说还休。“谁也不相信她已是三十三岁的女人”，这是在赞美风四娘，不过，同时也是说，如果是平常普通的33岁的女人，那是不会有风四娘这样的风姿的。风四娘是个什么样的人呢?

> 她喜欢各式各样的刺激。她喜欢骑最快的马，爬最高的山，吃最辣的菜，喝最烈的酒，玩最利的刀，杀最狠的人。
>
> 这三十三年来，风四娘的确没有虐待过自己；她懂得在什么样的场合中穿什么样的衣服，懂得对什么样的人说什么样的话，懂得吃什么样的菜时喝什么样的酒，懂得用什么样的招式杀什么样的人。
>
> 她懂得生活，也懂得享受。
>
> 像她这样的人，世上并不多，有人羡慕她，有人妒忌她，她对她自己也几乎完全满意，只除了一件事——那就是寂寞，无论什么样的刺激也填不满这份寂寞。

33 岁的风四娘最怕的是寂寞，虽然她已经名满江湖，有数不清的追慕者。当此时，韶华将逝未逝，爱情若即若离，每一天的流逝都令自己心惊，终于，转眼就到了这一年的七月十五:

> 七月十五，是她的生日，过了今天，她可

就要加一岁。

"三十四"，这是个多么可怕的数字。

她十五六岁的时候，曾经想：一个女人若是活到三十多，再活着也没什么意思，三十多岁的女人，正如十一月里的残菊，只有等着凋零。

可是她现在却也不知不觉到了三十四，她不敢相信，却又不能不信，岁月为何如此无情？

34岁对一个女人意味着什么呢？风四娘想得很清楚：

一个女人到了三十四，对男人的选择是不是就不会像二十岁时那么苛刻？风四娘在心里问自己，嘴角不禁露出凄凉的微笑。

最近这些年，她曾经有几次想随随便便找个男人嫁了，可是她不能，她看到大多数男人都会觉得恶心。

青春就这样消逝，再过几年，以前她觉得恶心的男人只怕也不会要她了，唉，三十四岁的女人。

从33到34，是一个分界线：33还是一个美好的、有想象空间的数字，34 就变成了一个丑陋的、让人透不过气来的数字。跨过 33 岁的女人容易妥协，那么，风四娘，这个风一样的女人呢？她是也和别的女人一样向生活低头呢，还是依然对某些东西坚持不渝？

33 岁的女人（下）

33 岁的风四娘爱上的是 27 岁的萧十一郎，一个名动江湖的热血男儿。而萧十一郎却一直把她当成哥儿们，当成老姐。在若即若离中两年过去了，33 岁的风四娘成了 35 岁的风四娘，而萧十一郎也爱上了上流社会的沈璧君。两年后，他们再次相遇，萧十一郎喝醉后枕在风四娘的手上睡着了，风四娘却思绪万千：

> 每个人都知道风四娘是一个风一样的女人，烈火一样的女人。
>
> 但却没有人知道，任何女人所不能忍受的，她却已全都默默忍受了下来。
>
> 她知道萧十一郎了解她，就正如她了解萧十一郎一样。
>
> 可是他对她的情感，却和她对他的情感完全不同。

这就是人类最大的痛苦——一种无可奈何的痛苦。

她忍受这种痛苦，已忍受了十年，只要她活着，就得继续忍受下去。

对于一个35岁的女人来说，这样的思绪和场景都显得残忍，生活在这里裸露出了真实的面孔，在让你痛苦的同时还要让你承受它。不过，即便在这样的煎熬中，爱也有特别的抚慰：

萧十一郎的呼吸很轻，很均匀，仿佛带着种奇妙的节奏。

她凝视着面前这一片无边无际的黑暗，倾听着窗外的风声和萧十一郎的呼吸。

一种甜蜜而深沉的黑暗，比夜色更浓的黑暗，忽然拥住了她。

她忽然睡着了。

这是只有真正爱着的人、真正付出了爱的人才能体会到的感受——突然之间，时光的流逝让人心安——这就是幸福的时刻。只是，这样的时刻在人的一生中太少太少了。后来，风四娘和沈璧君，这两个都爱着萧十一郎的女人，有一天坐在一起喝起了酒：

> 风四娘沉默着，忽然问道：“你知不知道我是个什么样的人？”
>
> 沈璧君道：“你不但聪明美丽，而且很洒脱，你活得比很多人快乐，至少比我快乐。”
>
> 风四娘又笑了，笑容中却带着种说不出的凄凉和悲伤。过了很久，她才慢慢说道：“别人都认为我很快乐，因为我早已学会将眼泪往肚里流。今年我已经三十五了，却和二十年前一样，没有家，没有亲人，每到过年过节的时候，我只有偷偷地躲起来。因为我不愿别人看见我流泪。你也是个女人，你应该知道一个女人想要的是什么，但我却一样都没有。你想想，像我这么样一个女人，还有什么理由一定要活下去？”

最终，命运给了风四娘应有的回报。萧十一郎为了救她，放下了手中的割鹿刀，虽然他们都知道这样做非但救不了风四娘，就连萧十一郎也要束手就缚。“直到现在，她才真正明白，为了她，萧十一郎也同样不惜牺牲一切。”人生到此足矣。我要说的是，风四娘，不管她多少岁，她都配得上这样的命运，或者说，只有风四娘这样的女人，才配拥有和承受这样的命运。

金刚不坏（上）

《鹿鼎记》是这些年来我重读最多的一部书。世事洞明皆学问、人情练达即文章，金庸在这部书中，向我们展示了他对世事人情的洞见和包容。不断重读《鹿鼎记》，是我生活中不多的真正快乐之一。古往今来，没有一个人，可以像韦小宝一样，在江湖与庙堂之间如鱼得水、左右逢源。江湖风波恶、伴君如伴虎，世上最难的两件事，一等通吃伯韦小宝却可以举重若轻，来个通吃——这应该就是金刚不坏了吧。

韦小宝小小年纪稀里糊涂地刚当上天地会青木堂香主，就碰到和沐王府的纠纷，众兄弟等着韦香主拿主意。这事干系重大，且看韦香主怎生决断：

> 他假装低头沉思，过了一会，说道："众位兄长，小弟虽然当了香主，只不过碰巧杀了鳌拜，本事是一点也没有的，计策更加没有。

我看还是请玄贞道人出个主意，一定比我高明得多。”

他这一招叫“顺水推舟”，将一根烂木梢向玄贞道人肩头推去。玄贞道长是何等的老江湖，立刻将这根烂木梢递给了樊纲，樊纲是直性子，说出了大家的心里话，那就是先礼后兵，要去跟人家理论。玄贞依然笑而不语，不想表态，韦小宝就来个集体决策、集体表态：

> 韦小宝道：“请大家商量个法子出来。各位哥哥见识多，吃过的盐比我吃过的米还多，走过的桥比我走过的路还多，想的主意也一定比我好得多。”玄贞向他瞧了一眼，淡淡地道：“韦香主很了不起啊。”韦小宝笑道：“道长你也了不起。”

这件事最后的决定还是照樊纲的法子去和沐王府理论了，只是这做决定的过程和将来大家要负的责任，却是按规矩做的，都已清清楚楚。韦小宝知道其间的奥妙所在：

> 他跟天地会的人相处的时候虽短，却已摸

到了他们的脾气。这些人嘴里尊称自己是香主，满口什么静候香主吩咐云云，其实各人肚里早就有了主意，只盼得到自己赞同，于是一切便推在韦香主头上，日后他们就不会担当重大干系。他对付的法子是反问一句：“你说怎么办？”

韦小宝这一套江湖经验屡试不爽。事隔不久，沐王府来请柬请天地会青木堂去赴宴。大家开会研究：

韦小宝道：“咱们去不去吃这顿饭？哼哼，宣威火腿、过桥米线、云南汽锅鸡，那是有得触祭的了。”

众人面面相觑，都不作声。过了一会，关安基道：“大伙儿要请韦香主示下。”

韦小宝笑道：“一顿好酒好饭，今晚大伙儿总是有得下肚的。要太太平平呢，就让我做东，咱们吃馆子去，吃过饭后，再来推牌九赌钱，叫花姑娘也可以，都是兄弟会钞。你们如想给我省钱呢，大伙儿就去扰那姓沐的。”这番话说得慷慨大方，其实十分滑头，去不去赴宴，自己不拿主意。

结果大家都说该去，于是韦香主总结道：“大伙儿都说去，咱们就去吃他的，喝他的。”就这样，韦小宝无师自通地演绎江湖规矩，稳稳地做他的香主，混得得法而愉快。

金刚不坏（下）

比起江湖，在庙堂里混要更难些，毕竟在诸般文武艺中，政治的难度要大些。不过，凡是人与人之间的事，对韦小宝来说都是举一反三、触类旁通的。正好有朝中索额图这样的老政客指点迷津，韦小宝很快就将做官的窍门摸得一清二楚。话说这一日索额图和当时还叫桂公公的韦小宝去抄鳌拜的家，皇上明令要找到鳌拜家所藏的两本《四十二章经》。韦小宝在找到经书后，就想打开看看，此时，索额图提醒他道:

> “桂公公，这两本经书，是皇太后和皇上指明要的，鳌拜又放在藏宝库中，可见非同寻常。到底为什么这样要紧，咱们可就不明白了。我也真想打开来瞧瞧，就只怕其中记着什么重大干系的文字，皇太后不喜欢咱们做奴才的见到，这个……这个……嘻嘻……”

韦小宝经他一提，立时省悟，暗吃一惊，忙将经书放在桌上，说道：“是极，是极，索大人，多承你指点。我不懂这中间的道理，险些惹了大祸。”

这一节课，韦小宝学会了给皇上办事时，什么是不能做的。紧接着，索额图马上又给他上了一节课，教他什么是可以放心大胆去做的。抄完鳌拜家后就该报写清单了，这时：

索额图挥手命下属出去，对韦小宝道：“兄弟，他们汉人有句话说：‘千里为官只为财。’这次皇恩浩荡，皇上派了咱哥儿俩这个差使，原只挑咱们发一笔横财来着。这张清单嘛，待会我得去修改修改。二百多万两银子，你说该报多少才是？”

韦小宝道：“那我可不懂了，一切凭大哥做主。”

索额图笑道：“单子上开列的，一共是二百三十五万三千四百一十八两。那个零头仍是照旧，咱们给抹去个‘一’字，戏法一变，变成一百三十五万三千四百一十八两。那个

‘一’字呢，咱哥儿俩就二一添作五如何？……兄弟，皇上吩咐了，苏克萨哈的家产，给鳌拜霸占去了的，要清查出来还给苏克萨哈的子孙。咱们就捡六七万两银子，去赏给苏家。这是皇上的恩典，苏家只有感激涕零，又怎敢争多嫌少了？再说，要是给苏家银子太多，倒显得苏克萨哈生前是个赃官，他子孙面上也不光彩，是不是？”

课刚上完，韦小宝就马上活学活用，在给康熙汇报时，韦小宝道：“索大人初步查点，他说一共一百三十五万三千四百一十八两银子。”他将这数字说成是索额图点出来的，将来万一给皇帝查明真相，也好有个推诿抵赖的余地。

从此，韦大人虽然一字不识却平步青云，对当官的奥秘逐步地达到了“运用之妙、存乎一心”的境界。比如后来他真的要用人办事之际，就想起张勇、赵良栋、王进宝、孙思克那几个平时不会拍马溜须的中下层干部，保荐给皇上，委以重任，因为他知道不会拍马溜须的中下层干部是全体干部队伍中有真本事的。比如后来他躲在通吃岛时，就能判断施琅不会将他的情况禀报皇上，因为“他如禀报了，皇上自然就问：为什么不将我们抓去？他只好承认打了败仗，岂不是自讨苦吃？”当时他老婆苏荃（就是洪夫人）就夸道：“很是，很是。小宝做官的本事很高明。瞒上不瞒下，是做官的要紧诀窍。”

有的人能在江湖如鱼得水，有的人能在官场金枪不倒，但能够同时游刃有余地行走在江湖和庙堂之间的，依我看，古往今来可能只有韦小宝一人。由此，我猜想，真正练成金刚不坏神功的，不是那些少林高僧，而是鹿鼎公韦小宝。

附录

因为萨冈，怀念萨冈

王怜花

1988年，我在写《上坡路和下坡路是同一条路》时，引用弗朗索瓦兹·萨冈的一句话作为题记：“作为理想，我打算过一种下流的、丑恶的生活。”

1997年，我在情人节那天出版的《三联生活周刊》中读到了苗炜写的《别人的爱情是那么美丽》——那是我读过的关于爱情的最好的文字。在其中的某一处，他写道：

> “作为理想，我打算过一种下流的、丑恶的生活”，萨冈小说里的这句话曾经是我精神状态的写照。但是，对不起，我要引用萨特的另一句话：“生活给了我想要的东西，同时又让我认识到那没什么意义。”

我避免让某个人在我的生活中留下什么痕迹，就像接吻，你要让那姑娘先擦去她的口红。

2001年，我在写《古金兵器谱》中的《蠢男子之歌》时，几乎全篇引用了苗炜的这篇文章。是因为弗朗索瓦兹·萨冈吗?

2002年，苗炜看了《古金兵器谱》后在“武林外史”给我留了个帖，从此才认识了，并且一见如故。早先他在《三联生活周刊》的BBS上用过“王怜花”作ID，他把这个ID送给了我。

2004年9月29日，我在《新京报》上看到了半版关于弗朗索瓦兹·萨冈的报道：

法国著名女作家弗朗索瓦兹·萨冈9月24日晚因肺栓塞医治无效去世，享年69岁。

萨冈18岁时创作小说《你好，忧愁》，一举成名，创下84万册的销售纪录，次年英译本成为《纽约时报》畅销书排行榜的冠军，萨冈因此以19岁的花样年龄，成为当时最年轻的畅销书冠军。萨冈其他的名作还包括小说《某种微笑》《你喜欢勃拉姆斯吗》《狂乱》、戏剧《瑞典城堡》等，多数作品都已经翻译成中文出版。

萨冈强烈反对“别喝酒，别抽烟，别这样，别那样”，喜欢飙车和赌博，而且无节制地吸毒酗酒，1957年她出了一次非常严重的车祸，1985年同密特朗总统一起在哥伦比亚旅行期间出现严重的呼吸障碍。1995年2月，她因为转让和吸食可卡因而被判处缓刑一年的监禁并处以罚金。2002年2月因为偷税受到同样的惩罚。

永别了，萨冈。她永远也不知道，她写下的某些文字曾经引发了遥远东方两个人的共鸣和友谊。文学的影响是多么奇妙啊。今天，当我重读萨冈18岁时写下的这些文字时，我确信她是萨福的姊妹：

只是在黎明时分，我躺在床上，听着巴黎街上惟一的汽车声时，记忆有时违背我的意愿冒出来：夏天和所有关于它的回忆复返了。安娜，安娜！在黑暗中，我轻轻地，久久地呼唤着这个名字。于是什么东西涌上我的心头。我闭上眼睛，呼着它的名称来欢迎它：你好，忧愁。

捕快旧事

若平扬

并不是每个人都知道，名动江湖的王怜花退隐之前的真实身份。他做过多年的捕头。捕头？没错，大捕头，东南诸省六扇门中有数的高手。我为什么知道？因为我也当过捕头，小捕头。

话从那一年无风无雪的正月开始。我已经在江湖上游荡了很久，武功日渐荒废，寂寞与时俱增，心中只有两个问题在折磨我：“家在何处，谁是匈奴？”

我知道这两个问题折磨过很多人。三百年来号称武功天下最末的韦小宝正是因为从不去想这两个问题，才做出了一番惊天动地的事业并留名江湖。

言归正传。那年的正月，江湖中纷传闽中六扇门正在广招天下少年英豪。闽省向来被人轻视，不料此次却有数百名少年俊杰趋之若鹜，一时鲜衣怒马，尘土飞扬，好不热闹。你道为何？原来此次招贤打出了“只抓人，不杀人”的名号。许多人正是冲着这个名号而来。

我也怦然心动，心想当捕快可能是一份很有前途的职业，胜过我“自笑天涯无定准，飘然到处迟留”（此句我曾赠与周芷若）。在一个带着寒气的早晨，我径直前往应征。

接待我的是一个三旬左右的男子，此人中等身材，面目和善，竟有一个很美丽很温柔的名字，叫宫雪花。后来我知道，他是个大捕头，昔年效力于云贵川黔，不知怎的来了闽省。此人内力了得，对各家各派武功均有涉猎，天下武功秘籍多有收藏。一时之间二人相谈甚欢。我自报武功渊源之后，他说：“你有一个师兄与我共事，他叫王怜花。”这是我第一次听到王怜花这个名字，心想当年学艺之时怎的没听谁提起，想来是我派弟子太多，他出师又早的缘故。后来听说他当年学艺时即是风流倜傥，派中女弟子多有暗通者，却无损艺业精进，反而多有补益，也是一段佳话。

几日之后我再去时，终于见到了王怜花。果然风骨不凡，谈吐有度，眼中精华内蕴，显然本门内功心法已修至上乘境界，以这等武功要抓人要杀人应是无往不利。当下畅谈江湖中事，武林掌故。须知这捕快应该比江湖中人更了解江湖，案子才能办得好。

又几日，到了笔试之期。我分得一张卷子。前头考的是应征者对江湖的了解。比如，剑侠李太白曾说“清水出芙蓉”，他下句说了什么？这难不倒我。据说有人答“碧血洗银枪”，还有人答“乱世出英雄”。这无关紧要，要紧的是答好后面的大题：“你如何看待捕快这门职业？”这我早就想好了，因此一挥而就，笔试就此通过。

当日即受面试，很简单，由宫雪花从《太平御览》中挑出一页，要我默记四分之一炷香后背将出来。好在我记性不差，无惊无险地通过。

于是我就成了捕快。应试成功的还有其他数十人，宫雪花挑选了十余人亲自调教，包括我，包括一个叫开开的年轻人，还有一个叫一夜六次郎的粗壮汉子。

这个叫开开的年轻人整日玄衣皮履，据说未及弱冠即远赴中原，回来时已经学得一身怪异武功，叫作“糖衣绵掌”，招数诡秘，与人交手经常轻轻一掌就将人拍死，尤其是女人。他还有一个奇怪的嗜好，就是在与女人交手前，喜欢轻轻地对人家说：“笑一笑吧，只有在你的微笑里才有我的呼吸。”许多女人其实是死在他这句话上面。不过听说近来死在他手下的女人已经越来越少，估计是武功家数已尽人皆知的缘故。

一夜六次郎则是一个神秘的人物，交游广阔，与一些大钱庄有往来，是个真正的老江湖，捕快这一行正缺这样的人物。

接下来的三个月里，宫雪花悉心传授办案之道，我们各自领会那“只抓人，不杀人”的要旨。我得解释一下，这句话的意思是“只抓坏人，不杀好人”。也许有的坏人武功比你高，你抓不了，但无论如何不得伤害好人。另外，捕快捕快，捕的时候当然要快。还有另一层意思，捕着了坏人很快乐，所以叫捕快。

转眼间已是一川烟草，满城风絮，我们这些小捕快开始办案。果然有抓不尽的坏人。我们捕得越来越快，痛苦的是，坏人的武功往往很高，高得王怜花和宫雪花也受不了。但还是要尽可能地抓。

无事时我会去找王怜花聊聊。一般他都没在看公文，他在读诗。他是一个优雅的人，总是沏上一壶凄美的茶款待我。他说自昔年燕赵名士查海生逝后，他喜欢一个叫麦芒的人写的诗。据宫雪花判断，王怜花依然留恋学艺时的生活，就是许多同门吃住在一个屋内的那一种。这很好地解释了为什么他办完案子后，总会找个理由不肯回家，喜欢找一些人喝酒。他的酒量我见过，很好，尤其对我这样不喝酒的人来说。他坦承一个叫赵敏的女人占据了他的心，但我很怀疑这一点，我认为他心里真正爱的人是周芷若。

至于宫雪花，会和我们提起一段忧伤的往事，一个女人和一些日子。那个女人远赴西域，据说与西域名侠李文和有些相识。为什么男人的心里总会有一个或几个女人？这个问题我还没想好，但宫雪花一度动了去西域的念头。这让我想起贺方回“憔悴一天涯，两厌厌风月”的句子。宫雪花不仅办案经验老到，而且，前面说了，武学渊博，这一点王怜花也佩服。我获益良多。

开开办案之余，最喜提及当年学艺之时被他拍死的女人，以及他正准备拍死的女人，衙门里标致点的女捕快他都想拍，乐此不疲。这对武功的进境是有好处的，但他经常拍错人，好在最后拍着了一个，点了穴，留下了活口。至于他是不是还在对别的女人说“笑一笑吧，只有在你的微笑里才有我的呼吸”我就不知道了。

案子越来越多，人手不够了。王怜花和宫雪花四处寻人，回来时说看中了一个少年英杰，还未出师，武功已经不同凡响，使的是快刀，招数灵动。这个人的名字叫面朝大海，听说正在考虑“爱我的人还是我爱的人”这个棘手问题。听到这里我在心里忧伤地叹了口气：“又是女人。”日后我见到了其中的一个，但不知是哪一个。也许是第三个？姑娘家清秀文静，但想必武功不弱。

数月之后面朝大海师满出山。我们办案的力量更强，但问题还是老问题，坏人的武功为什么总是如此之高？

那时，我们每日办案到深夜，犯人收监之后，我们会坐在衙内的院子里，品品茶，聊聊天，明月当空，清风送爽，若得一二女子相伴则更添旖旎风光。这事通常交给一夜六次郎去办。关于他名字的来历，据说是曾一夜之间往返数百里连杀六名女寇，杀到索然无味为止。但人们认为这个名字应该还有别的来历。

随后无数的日子不辞而别。由于办事勤快，开开、面朝大海和我升做了捕头。某一日，风雨如晦，王怜花突然说要退隐江湖，决定了。他要去研究更高深的抓人功夫，带走了一夜六次郎。离别时我对众捕头说，王怜花无愧师门，无愧江湖。我心里却想：“江湖不远，因此怜花不远。”

果然，他日江湖中出现了一本据说记载他毕生绝学的书，名叫《古金兵器谱》。

宫雪花的担子显然加重了许多。但问题还是老问题。我发现了一件更糟的事，我疑心在办案时杀了很多好人。我后来发现，江湖中杀人最多的不是刺客，而是捕快。我自感武功太弱，不仅抓不了真正的坏人，还会连累很多好人。因此步了王怜花的后尘。我远赴西域，闭关练功。开开和面朝大海留了下来，继续和坏人周旋。

我时常会想起那段捕了就快的日子，那些少年豪放、不学衰翁样的男人和女人。但问题还是老问题。

家在何处，谁是匈奴……

《捕快旧事》后记

写这个故事是为了纪念一段过去的好日子。其实这不算一个真正意义上的故事，它平淡，波澜不惊，没有矛盾冲突，没有生死情仇的纠葛。它只是记述了一群捕快或曾经的捕快在江湖中寻找生活的可能性。这一过程仍未结束，我猜，永不结束。

他们是一群非常非常平凡的人，人性的弱点一应俱全。我认为，只有有弱点的人性才值得赞美。他们热爱酒，热爱女人，胸怀粮食和蔬菜，倾心于麻辣火锅。为了生存，我猜，每个人都曾在内心流下屈辱的泪水。

更多的时候，一碗五块钱的热汤面就能使我们心怀感激，这一点让衙门里黑心的厨子们兴奋不已，因为它顶多值两块钱。开开捞面条的样子，好像在从水里搭救温柔的情人。我疑心我也是这样。饿的时候，没有什么能比面条更加性感，它温暖了胃，从而温暖了心灵。

这群捕快对生活抱有朴素的敬畏，对职业抱有朴素的热情。朴素，是因为对自身的局限了如指掌。他们从未想过跻身于庙堂，以包拯或海瑞的口气说话（如京城的捕快们干的那样）。作为捕快，不该想着成为包拯，江湖才是伟大的栖身之所。这一点，那些得意忘形的伪包拯们根本无法理解，他们挥舞着来历不明的尚方宝剑，杀掉了自己。

这还是一群正直的捕快，善良，自尊。使用这三个词我冒了极大的风险。在今天的江湖里，这三个词显得十分可疑，代表的不是德行，而是虚伪。但这个险值得冒。即使在虚伪这块重石的压迫之下，这三个词从未停止挣扎，仍要放射出永恒的光辉。它也许虚弱，但如此骄傲。

真正的骄傲拒绝妄自尊大，它应该是对生而为人这一事实保持的必要敬畏和赞美。我说过，他们的弱点和别人不相上下，但因为骄傲，所以拒绝卑鄙，远离猥琐，同情弱小，同时真诚地同情自己。

他们有的不再是捕快，但作为人子，作为人夫，作为人父，本身就是骄傲的职业，需要前所未有的勇气和尊严。回忆已经结束，时间刚刚开始。这时我们需要对自己说："双手劳动，慰藉心灵。"感谢所有武林外史的朋友和我们分享这段往事。

那些北大的才子们

李　方

昨天收到正源图书寄来的三本书，其中一本是王怜花的《古金兵器谱》。王怜花就是我的师兄蔡恒平，我们都叫他小蔡。我跟小蔡不熟，因为在北大的时候他已经是大才子，我只能算是给才子站脚助威的。比如说悼念海子的时候，我是台下数千观众之一。向校方请愿不要开除洛兵的时候，我是在白床单上签名的几百个学生之一。那时候我非常满足自己“之一”的身份。小蔡给我最深的印象，是在足球场上的心比天高，他的意识已经冲进对方禁区，而两条无比雪白的大腿还在中场拼命摆动。大概他在那时候才深切体会到为什么物质决定意识而不是反之。

因为不熟，所以毕业后并无联系。这些年来，只是听邱小刚偶尔提到他。邱小刚就是三七，马悲鸣说：“海内中文论坛三七才气第一。”作为当年的“之一”，这个“第一”的说法我听了无比熨帖，比夸我自己还入耳。我觉得脸上有光，它勾起我对当年北大才子的回忆。我很少服人，但那些才子们我是真心喜爱佩服的，以至于很多年后，当其中一位师姐给我打电话的时候，我竟然发现自己捏着话筒的手在颤抖。在学校的时候，桑桑可是神仙人物，我从来都没敢想自己能跟她说句话。还有洛兵，当他在网上说我是他北大的兄弟时，我觉得无比荣耀。要知道，我只是在白床单上签名的“之一”，而当年这些人物就已经成为传奇。我只是在仰望中度过了北大的四年，我从来没敢想过自己还是他们的兄弟。

现在接着说小蔡的《古金兵器谱》，是写金庸和古龙的，内中一些篇章，我在网上已经读过。小蔡自己也在序里讲，这些东西是他在网上写着玩的。昨天下午拿到书，就开始翻着看，到晚上睡觉前已经差不多看完了。小蔡使用了一种非常古怪的文体，一边谈金庸古龙，一边谈自己的大学生活。给我的印象是，他的大学岁月是由金庸古龙串起来的，他和兄弟们也是在谈古论金中达到了物我两忘的境界。小蔡在每一篇文章里都要大量引用当年北大才子们创作的诗歌。我一边读一边想，这需要多大的勇气啊。我曾经以为自己永远不会再触碰这些东西了，而且想当然地以为别人也不会。青春也许是在嘲笑中结束的，比如当人们嘲笑那些诗歌的时候，甚至我也跟着附和两声。我不是一个勇敢的人，我不敢站起来说：你们懂个屁。

但是小蔡触碰了。我想起《天龙八部》里的一个情节，段誉在松鹤楼上初遇萧峰，“那大汉桌上放着一盘熟牛肉，一大碗汤，两大壶酒，此外更无别物，可见他便是吃喝，也是十分的豪迈自在”。是啊，不但触碰了，而且十分的豪迈自在。

关键是自在。我自说我的青春，干卿底事。

这一段时间我生活得非常苦闷。我写不出东西来，觉得自己的心变得越来越坚硬，以至于上面再也刻不出流畅的文字。经常安慰自己说，也许是小孩快要出生了吧，没心思写东西也很正常。但我心里明白不是这么回事，我知道，我已经快被岁月风干了。因此，从昨天下午到晚上，当我一边读小蔡的书，一边感到灵魂慢慢泡软的时候，我觉得内心又有什么东西重新生长起来了。青春是那样旁若无人。当我们回忆青春的时候，我们重新获得了勇气。就像一块蒙尘的玉，当指尖拂去上面的浮尘，它又泛出淡淡的光华。

对于像我这种“之一”资质的人来说，自己心灵的能量，似乎很难对抗岁月的消磨。我必须借助别人的回忆。但问题是，还有谁在回忆？这是一个几乎所有眼睛都紧盯着前方的年代，回忆被认为是软弱的表现，意味着现实生活中的挫败感。除非你情愿把回忆纳入某种商业阴谋，我是指校园民谣，或者这几年对于二十世纪三十年代老上海的鼓噪。似乎我们已经不习惯单纯地回忆自己的往事，我认为这是整个社会日趋没文化的主要表现。本质上，文化是靠那些个人化的回忆支撑起来的，所谓潮流不过是过眼烟云。没有回忆，也就没有文化。

我很欣喜地看见小蔡开始回忆了。更重要的是，那是“我们的回忆”。它让我想起北大的才子来。比如小蔡说邱小刚“义薄云天”，我就开始回忆这两年跟三七的交往。有好几次，仅仅为了一个从未谋面的朋友路过北京，三七就自己坐火车从石家庄跑到北京来，喝到八分酒抹抹嘴停都不停又坐火车赶回去。和平的年代法治的社会，我又懂得了什么叫义薄云天，我也不知道三七那叫不叫义薄云天，我只是想起在金庸小说里，胡一刀连夜赶几百里的路，去帮苗人凤杀掉一个仇人，第二天早晨却什么都不提，若无其事地继续跟苗人凤比武，生死相拼。我想我理解小蔡的意思，他谈到义薄云天，并非是指两肋插刀，不过是倾慕古风。小蔡在书里多次谈到魏晋风度，包括及门而返之类的典故。在北大的才子里边，三七是最接近这种风度的。望着师兄，我经常会想起“人中龙凤”这个词来。

幸运的是，这种感想并不只对三七才有。更早的才子，七七级的李春，曾经在从未相识的情况下，骑二十多公里的自行车跑到我家来，只为了给我讲讲一段话中的逗号应该怎样点。我至今认为，那是我一生中最受教益的一天，从此我变成了一个特别追求文字美学的人。没有李春，就肯定没有我后来那些天文散文。

我经常躺在床上琢磨，当年李春为什么，图什么。当然我还是够聪明，我知道这样想就已经不对了。李春要是为什么图什么，他就不来了。

古龙说，我来了，因为我是李春。

还有中文八三级的臧棣，我刚毕业那会儿，特别喜欢去他在中新社的办公室。其实我们也没什么话说，经常好几分钟不交一语，只是互相笑眯眯地望着对方。其实臧棣那时候挺忙的，手上有稿子要赶，还要准备考回北大当博士去，但只要看见我来，都是二话不说把手上的活儿推到一边。

还有中文八三级的徐永恒，我读北大的时候就已经对这个名字如雷贯耳，可惜由于低四届无缘得识。某年夏天，当报社介绍"新记者"的时候，我念着这个名字看了他半天才迟疑说：莫非你就是徐永恒？他笑了，说，我就是徐永恒。当时我差点跪在他面前。我对智力有一种说不出的崇拜，而三七、徐永恒都是当年各自省份的状元。报社还有两个状元，刘学红和马明洁，也都是北大的。直到今天，我跟她们说话的时候，依然不敢喘大气。

我不管你们后来怎样，好也罢坏也罢，我只在乎你们给我的回忆。回忆中，我永远是仰慕你们的“之一”。将来不论我走到哪里，甚至是不是能有点名声，我都永远不会忘记，我，是作为“之一”从北大里走出来的。

在青春岁月，天上有神向你显现，生活才称得上幸福、笃定。

而我不看天空已经很久了。

2004 年对我影响最大的五本书

何　帆

2004 年对我影响最大的书是王怜花的《古金兵器谱》。我和怜花只有一面之交。他曾经驱车从福州赶到厦门，只为了和巴曙松、钟伟和我喝一晚上的酒。在我的家里和办公室各放着一本《古金兵器谱》，一本是我自己买的，一本是作者送给我的。

怜花的这本书讲的是道路问题，我思考的也是道路问题。我翻来覆去地读这本书，隔着时空的距离，和怜花一起参详印证，一再地被感动。书中的很多名言我已经熟读成诵。比如“生活给了我想要的东西，同时又让我知道那没什么意义”。我也会记住：“世上的万物，世上的人们以及人们的心灵，都要消失，因为它们的美有一部分本来就由这不幸所形成。”这是一个漫长的冬天，我希望到春暖花开的时候，我就不需要再读这本书了。

今年我还读了不少和宗教有关的书。刘小枫的《沉重的肉身》非常让我喜欢。在这本书中，他借助小说和电影的叙事来观察伦理，书中写了《牛虻》，昆德拉的小说，基耶斯洛夫斯基的电影《十诫》，人在得到所谓的解脱和自由之后，就陷入了艰难的道德选择。书中一个小姑娘是这样感悟人生的："我活在此时此刻，既不是为了献身给建设人间天堂的道德事业，也不是随无常的风把我这片落叶般的身子吹到哪一个恶心的地方，而是在挚爱、忍耐和温情中拥有我此时此地的生命。"读到这里，我忽然有一种很踏实的感觉。

《从资本家手中拯救资本主义》是我今年读到的一本最有趣的经济学著作。作者是国际货币基金组织研究部主任拉古拉迈·拉詹和芝加哥大学的路易吉·津加莱斯。作者的目的是为了捍卫自由的金融制度。作为辩护人，作者选择了一条最困难的策略：他们同时从两个方向出击。一方面，他们必须证明社会改良家和普通公众对金融市场的抨击都是源于误解，另一方面，他们又将矛头直接指向金融市场上风头最劲的资本家。他们指出，资本家为了避免既得利益受到潜在竞争者的挑战，经常假借捍卫资本主义的名义，实际上却是在反对自由市场。这本书清晰而犀利，文字通俗而观点深刻。我过去仅仅在那些为自由贸易辩论的经济学家那里见识过这样好的文笔和辩才，在繁琐而市侩的金融学领域能够读到这样的著作，更加令人庆幸。

我仍然在读的一本书是前任美国财政部部长罗伯特·鲁宾的自传《在不确定的世界》。鲁宾先在华尔街，又进入白宫。他在书中对于这两个世界风格异同的比较非常引人入胜。在学者的眼中，决策无非是在约束条件下寻找最优解，但是经历过政治实践的人都知道，决策的过程是复杂而混乱的。复杂在于必须考虑到政策决策过程中不断受到的其他部门、其他利益的牵制，也必须考虑到政策出台后各方的反应，混乱在于政府作为公共部门，和追求利润最大化的企业是完全不一样的，用经济学的语言来说，政府是多重目标的，是多个委托人的惟一代理人。书中记载的事件似乎刚刚从报纸和电视的新闻报道中消失，马上就变成了历史的一部分。其中谈到墨西哥金融危机、东亚金融危机，至今犹觉惊心动魄。

今年对我的负面影响最大的书是冯友兰的《中国哲学史》。我先是读了一本根据他在美国讲授中国哲学史的讲义翻译的《中国哲学简史》，被作者的渊博和风趣所折服，于是又买了上下卷的《中国哲学史》。我过去对中国哲学的了解仅限于秦朝以前。这次打算正襟危坐地读完整个中国古代哲学。但是，从董仲舒开始，到周濂溪、张横渠和程朱，直至康有为、谭嗣同，我是越读越烦，越读越气闷。我既没有看到恢弘的气势，也没有看到精妙的思辨，没有思考的趣味，也没有对人生的慰藉。算了，我再不会为这些故纸浪费自己本来可以寻欢作乐的时间了。

那些酒、那时的侠客与诗歌

苗　炜

十多年前，我在大学宿舍里看到北大文学社的一本铅印杂志，那里面有篇小说，叫作《上坡路和下坡路是同一条路》，其实叫小说并不准确，因为我相信那些喝酒、看武侠小说、愤怒与迷茫的青春故事在许多校园里都真实地发生，只是很少有人能平稳地讲出来。我记住了写作者的名字——蔡恒平，并在不久之后就看到了他的另一个爱情小说《谁会感到不安》。

“在古老的村庄 / 我们漫步而行 / 歌声那么瘦弱 / 如此啊，好兄弟 / 并肩走出酒馆 / 双手扶住门框 / 阳光那么悠长 / 如此啊，好兄弟。”这是蔡恒平大学毕业的时候写给一位同学的诗句，再看到这几句歌谣是十多年后的今天。他出版了新书《古金兵器谱》。

在这本书里，他提到了他的一位同学——“他心目中最理想的职业是做收发室的看门人，与世无争，自在生活……最终还是选择了职业经理人生涯，加入乏味的中产阶级队伍。”他之所以提到这样一个人，是因为他写到了《天龙八部》里的那个老僧。

《古金兵器谱》，写的是古龙、金庸武侠小说中的人物。在一家公司上班的蔡恒平用网名王怜花写下了他的随感，贴到 BBS 上，然后有了这本书。在此书中，王怜花抄录了不少古龙小说金庸小说中的段落，让人想起周作人的随笔中抄录的古文，那些文字已经不可避免地成为经典。

更重要的是他引用的那些诗，在写到“世事如棋”一章时，他引用了博尔赫斯——

上帝操纵棋手，棋手摆布棋子
上帝背后，又有哪位神祇设下
尘埃，时光，梦境和苦痛的羁绊

不过，这位昔日的校园诗人更多的是在用他的同学们的诗章，在“献给小昭的诗”一章中，他记述了当年校园诗人的创作，并且记下一首在他毕业之后收到的诗作——

兄弟啊，你可知秋天已经到来
天蓝得像酒，我们往日痛饮的酒
窖藏到今天还剩最后一缸
这缸酒流淌我们也流淌
这缸酒芬芳我们也芬芳
这缸酒是神农一生的心血呀，这缸酒
是献给戒酒的酒徒的，这些一言难尽的好人
就是我们呀，这些在秋天走散的兄弟
是这个世界上活得最好的人

作者常会提到以往在校园里阅读武侠小说的感受，例如“我在1988年北京寒冬一段痛苦的日子，靠一套《倚天屠龙记》和若干劣质红酒度过那年冬天”，这是因为爱情，在许多或长或短的爱情之后，作者让大家重温《鹿鼎记》中胡逸之的爱情哲学，他还会搬出十来年前自己写的诗——

曾有一个女人我为之心碎
那时我年轻：爱得纯洁所以爱得疯狂
然后爱也会找一个好日子悄悄去死，像毁
损的容颜

还有——

我的一生自暴雨中结束
这是一事无成的一生
它又从一个女人的哭泣中得到抚慰

文学硕士蔡恒平或王怜花当然也对金庸古龙做出了自己的解读，他用塞林格《九故事》中的“怀着爱和凄楚”来对应程灵素，他说“古龙在一系列作品中寻找同一个人”，他说亦舒小说与古龙在叙述上是相似的，但如果没有借助这些人物浇心中块垒，所有的分析都是扯淡。《三国演义》里说关公用春秋下酒，当年我们也曾用那些武侠故事的片段下酒。同宿舍的一哥们就干过用一瓶啤酒送下一瓶白酒的事，而激励他这样做的正是阿飞在爱情的挣扎中用黄酒送白酒的壮举。抛开塑造、叙述这类的文学字眼，拿罗丹的话说：“艺术就是情感。”王怜花这本书之所以比其他那些借古龙金庸说事的文字强，就在于他的情感。

所以我没有把这本书当成 BBS 上的帖子看，我将它看成是一本诗集，有麦芒和海子的诗，让我重温青春和沧桑的岁月，默诵那些诗人的最美丽的句子，还有西川的——

这就是你：误解着生活

而别人对它的误解比你更深

臧棣的——

无论是当初

还是现在，我拒绝问自己是否幸福

2006年版《江湖外史》媒体访谈节录

《新京报》访谈（2006.5.18）

记者 刘晋锋

新京报：你怎么理解“江湖”？

王怜花：江湖是多元的，必须有各色人等，才能构成江湖；江湖是说汉语的，因为别的语言无法翻译“义气”和“江湖”，它是汉语文化独有的精神。“人在江湖，身不由己”，说的是，江湖是没法改变的，太多力量在里面起作用，你只能改变自己。写这本书，是我作为个体的人，对道路问题的思考。弗罗斯特写“林中路”，说树林中有两条路，走了这条就没法走那条。为什么我会走这条，而他走那条？或许是因为有神秘命运的指引。我从古龙和金庸的书里面挑出了一些人物，是想通过他们写生活的可能性。

新京报：你从金庸和古龙的小说中找到了几条道路？

王怜花：我从他们的书中，找到三种类型。首先是无名老僧，我个人认为他走的是一条最好的路，但是很难做到。无名的武功最高，但是扫地是他的工作，也就是我们现在说的把学习和工作分离。按说一个武术修为这么高的人应该当武林盟主，但他不介意，这种处世态度只有内心特别强大的人才能做得到。其次是韦小宝的道路，他在江湖和庙堂之间都游刃有余，天性让他顺应这个社会而不感到痛苦。第三是陆小凤的道路，江湖上有很多事情都会去找陆小凤去解决，他躲不掉。他做的时候会很努力，也会因此有小小的成就感，但他知道真正好的生活是和朋友一起吃喝玩乐的时候。

新京报：道路有好坏之分吗？是不是只有能走与不能走之分？

王怜花：好的道路就是完全符合人的本性地生活，有吃有喝，精神愉悦，但人们基本做不到。而韦小宝的天性很难复制，大家觉得羞辱的东西对他来说不是，他能够低头。所以，我们只有选择陆小凤的道路，要养家糊口和满足世俗的虚荣心，但很明白地位成就是给别人看的，偷偷享乐的时光才是属于自己的。

新京报：80 年代的大学生毕业这么多年，回头去看，走的是什么样的道路？

王怜花：我同学，毕业之后先去一家公司打工，后来自己开了一家广告公司，赚了很多钱，就投资开高科技公司，却亏了本，现在他又考上了律师，对他来说，生活有很多可能性。他曾经对我说：“蔡，咱们 30 岁以前，是在做最奢侈的事情：读书、恋爱，喝酒、踢球；30 岁以后，我们才开始比较努力地做养家糊口的事情，刚好和别人是反过来的。”

新京报：你们当年在大学过着一种什么样的生活？

王怜花：状态是很自由，只在一年级好好上过课，之后几年就是天天到图书馆看书，四五点钟去踢球，晚上有钱就喝啤酒，没钱就上自习。

新京报：你们想过将来做什么吗？

王怜花：这是一个核心的问题。我们那时候对未来没有想法，每天都过得很愉快，就像 30 年代的那帮读书人一样，完全享受读书的乐趣。80 年代我们想的应该是属于奢侈品，到 90 年代我们才想必需品。如果养家糊口属于吃米饭，那我们那种生活属于喝酒。一般人先考虑吃米饭的事，而我们是先喝酒了。

新京报：在过那种生活的时候，有没有觉得奢侈？
王怜花：没有，当时觉得是很正常的生活。当然，那一代也有精明的，在学校就确定了要走当官或者经商的道路。但是在那段时间，他们对人生的享乐不如我们。我觉得我们是赚了，在精力最旺盛的时候，敢想、敢做、敢享受，大把地挥霍时光，做最没有实用价值的事情。如果是正常的社会，不会让你那么享受，却恰好有个时间差让我们给碰到了，这是可遇不可求的。

新京报：80年代“北大才子”头上总是笼罩着炫目的光芒。
王怜花：当时大家都那么年轻，思想不成熟，也没有写出什么可以传世的作品，好作品都是90年代写的。只不过没有80年代就没有90年代的作品。

新京报：当年的诗人们现在纷纷改弦更张了。
王怜花：这个，我相信的确有“彩笔神授神收”这回事，有“江郎才尽”这回事。我自认为我最好的作品是《美好十四行》，那是1991年秋天的一个星期天上午九点多，我突然从睡梦中醒来，爬起来拿起笔用了大概一刻钟就写完了，然后我又去睡了。我觉得那真是天籁，在同类题材上属于无可超越。我记得更清晰的是1994年立秋那一天，午后，没任何预兆的，我用十几分钟就写出《立秋十四行》，然后我非常清晰地感觉到有一种东西正从我身上如抽丝般离去，而我的内心非常平静。从那一天开始，我的写作就突然终止了。

新京报：你们会觉得现在的文化氛围不如当年吗？
王怜花：文化氛围重要吗？我觉得，文学很快将成为人们不需要的东西，至少是很少人需要的东西。文学是隐秘的自我享受，我们读书得到的快乐，别人分享不了，而且想要得到这种快乐的人也越来越少。

新京报：大家都读文学作品，不是很好的现象吗？
王怜花：文学从来都是少数人的精神奢侈品。奢侈品的市场永远都是很小的，尤其是精神奢侈品。文学的需求会越来越少，我觉得这没什么。读不读文学，一点都不影响一个人的生活。

新京报：对文学的需求减少不是社会的可悲之处吗？
王怜花：不一定，人的生活是有时代性的。文学和写作是很个人的事情。不会写不会读的人，不会比你更不幸。

《北京晨报》访谈（2006.5.20）

记者 田小满

记者：“王怜花”是您一直用的笔名吗？

王怜花：是我的网名，王怜花是古龙转型期代表作《武林外史》中的主要人物，我用王怜花作网名是因为他是易容的高手，人称“千面公子”。我有一阵很天真地以为，易容、多面，是实现我念兹在兹的“生活的可能性”的一种可能。当然啦，天真只是一闪念，事情就像我在书中写的：“我知道我是一个性情多变的男人，但绝不是因为我精于易容。经常变幻面具，只不过想体验生活的多种可能性。但我终于骗不了自己，我深知这也只不过是痴人说梦啊，我又怎能穷尽生活的可能性呢？”

记者：古龙笔下的王怜花留下了一部无所不包的《怜花宝鉴》，而这本《江湖外史》的下编，正是《怜花宝鉴之人物志》，这样的戏仿有什么考虑呢？

王怜花：我个人以为，王怜花和金庸笔下写《葵花宝典》的前朝太监是古金江湖中最有智慧的两个人，就像我在书的序中写的那样：“每个时代总是会有那么一两个洞悉人生和历史奥秘的智者，知道什么才是不朽。”我这种戏仿，就像博尔赫斯常用的重写经典的手法一样，会产生很好的效果，让有此类知识背景的读者有一种会心而又有陌生化效果的感受，从而引发阅读兴奋和期待。

记者：现在古、金已经非常经典，但20世纪80年代读古、金，是古、金在“地下”流传的时候，那是什么情景？

王怜花：那时候书源很紧，得到海淀的租书店去租，每本在24小时内必须还，否则加钱，那时大家都没钱，就排好班，你看上半夜，我看下半夜，很有乐趣，就像短缺时代偷吃肉一样的快感。这让大家能够养成在一起时相濡以沫，不在一起时相忘于江湖的人生态度。毫无疑问，现代汉语写作没有提供这样的东西，这是古、金对读者最大的贡献。

记者：看书中的描述，中文系的学生似乎整天过着喝酒、看武侠的神仙生活。你觉得今天的大学校园和那时相比，有什么不同？

王怜花：说那时候整天看武侠是不对的，因为武侠就那么几本，一两个月就看完了。喝酒确实比较多，因为闻一多先生说了，要痛饮酒，熟读《离骚》。也很少上课，主要是在图书馆看书，那时图书馆有开架阅览室，很方便。学校和老师也好，信奉据说是西南联大时期传下的一句话：“对来上课的学生敬重，对不来上课的学生敬佩。”现在的学生怎么过，不太清楚。

记者：在书中有很多关于过去的回忆，诗、酒、还有情，当初写的时候有没有“为谁而写”的明确打算？

王怜花：没有。回忆本身就充满了快乐和怀念。

《海峡都市报》访谈（2006.5.19）

记者　宋晖

记者：　金庸给你的大学时代带来了什么？

王怜花：如何做人。我和很多朋友能够保持在一起的时候相濡以沫，不在一起时相忘于江湖，再见面时关系还是那么好，跟读过金庸有很大关系。

记者：古龙呢？

王怜花：古龙告诉我：你的对手和你的朋友一样重要。江湖也是要花钱的。

记者：古金之作，你最喜欢的人物是谁?

王怜花：金庸的小说中男的喜欢无名老僧，他是那种罕见的“走过大地，不留痕迹”的男人；女的最喜欢赵敏，她是那种“为了爱，在所不惜”的女人。古龙的人物男的喜欢陆小凤，因为他是做到了一个人所能做的最好的均衡：努力工作，及时行乐；女性最喜欢燕七，因为“春天就在她的眼睛里”。

图书在版编目（CIP）数据

江湖外史 / 王怜花著. --石家庄：河北教育出版社, 2019.12

ISBN 978-7-5545-5371-8

Ⅰ.①江… Ⅱ.①王… Ⅲ.①散文诗－诗集－中国－当代 Ⅳ.①I227.6

中国版本图书馆CIP数据核字(2019)第202831号

江湖外史
王怜花 著

策　　划　胡杨文化　何崇吉
责任编辑　刘相美　贾鑫薇
装帧设计　人马艺术设计·储平
出版发行　河北出版传媒集团
河北教育出版社　http://www.hbep.com
(石家庄市联盟路705号，050061)
印　　制　山东临沂新华印刷物流集团有限责任公司
开　　本　787mm×1092mm　1/32
印　　张　10.5
字　　数　177千字
版　　次　2019年12月第1版
印　　次　2019年12月第1次印刷
书　　号　ISBN 978-7-5545-5371-8
定　　价　55.00元